蓝土地

林慷慨 主编

贝壳剧院

余退 著

春风文艺出版社

·沈 阳·

图书在版编目（CIP）数据

贝壳剧院 / 余退著；林慷慨主编. —沈阳：春风
文艺出版社，2023.12
ISBN 978-7-5313-6610-2

Ⅰ. ①贝… Ⅱ. ①余… ②林… Ⅲ. ①短篇小说—小
说集—中国—当代 Ⅳ. ①I247.7

中国国家版本馆 CIP 数据核字（2023）第 234169 号

春风文艺出版社出版发行

沈阳市和平区十一纬路 25 号　　　邮编：110003
四川科德彩色数码科技有限公司印刷

责任编辑：韩　喆　平青立	责任校对：张华伟

幅面尺寸：145mm×210mm

字　　数：185 千字	印　　张：7.875
版　　次：2024 年 8 月第 1 版	印　　次：2024 年 8 月第 1 次
书　　号：ISBN 978-7-5313-6610-2	定　　价：50.00 元

目录
CONTENTS

巨
船
骸

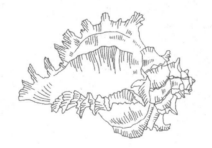

1

我在短视频里无意间刷到一位穿着破烂、满脸胡楂的拾荒者，他在一处废弃的船体内烤火。我喜欢看这类探索废墟的自媒体小节目，能带着极度庸凡的你走进遗落的世界，在瞬间让你触摸到这个喧嚣人世某个偏僻角落深藏着的隐秘。我仔细看视频里的拾荒者，带着一股废墟所给予的苍老感，他的网名叫徒行江湖的阿糖，这则视频的播放量还很高。

我一下子进入了那船舱。背部的船壁漆黑，视频里阿糖在独自用一只破铁锅烤火，锅里面点燃了木柴。可以看见船壁上的空洞，铁锅里木柴晃动的火光，产生的淡淡烟气向着破损的船洞飘浮。后面的镜头摇到村子里，石头厝，一棵高大的榕树，沙滩，码头，漆着蓝红色块油漆的木船，都是我似曾相识的画面。

我突然意识到他所在的位置就是我出生的那个渔村，叫月亮湾。岙口外停着一艘掩盖掉半边天空的巨船遗骸，已荒置多年。镜头里的小渔村显得如此宁谧，能看见几位老人，听见视频背景里海鸟的鸣叫，几只白鹭从巨船上空斜飞而过。大量熟悉的事物沉寂着，继续老去，以至被遗忘，当你重新自他人眼中见到它们时，你会觉得惊讶，像是在镜中窥见这些既古老又新鲜的事物。

这艘巨船背负着我们村上两代人的骄傲，不过到我儿时已经没落了。巨船被一次超级台风掀起的风浪抬着向海岸平移了二十多米，沉陷到了岙口弯月形的沙滩里。巨船成了我们儿时的游乐场，我们村的小伙伴成群到巨船上玩。这个曾经轰动一时的庞然

大物，耗费了我们村里长辈们过多的热情和精力，让我的祖辈和
父辈一直热衷于建筑、改造、经营这个巨型之物，到现在却几乎
无人提及了。有一天，我的父亲失望至极，下定决心摆脱大船的
影子，拉着一拖拉机的家具搬离了这个小渔村，当时我的年龄还
小。现在我很少回去了，至今也没抱我儿子回去看他的祖屋，还
有这艘让长辈们迷醉的巨船。

　　我留言道：这里是我的出生地，我的爷爷造出了这艘船，我
的大伯曾经在甲板上种植水稻，我的父亲曾经承包过船舱改装成
舞厅，这里是我儿时的藏宝室。我第一次收到了那么多网友的问
询、质疑和回复。当我翻阅留言时，发现有一条是视频作者阿糖
的私信，问我能不能和他聊一聊，他很喜欢我的小渔村。他还留
了手机号码。当你过着一种平淡无奇的生活，而有另一个时空的
人穿行而来并对你发出邀请时，你会处于虚幻而期待的状态。

　　我给他打了电话。电话那端，可以听见隐隐的浪声，还有他
异乡者空置心灵的独有语调。阿糖说他已经在这里住了五个晚上
了，每晚都有很多仿佛是巨船所遗存的记忆涌进他的大脑。我觉
得不好让客人扫兴，就坐网约车回到我的小渔村。

2

　　远远就能看见岙口处的巨船陷在海水里，巨大的身影像一只
被困在浅滩里的海怪。此时正值秋天，已经进入我们这个群岛旅
游的淡季，这个偏远的小渔村几乎无人来访。其实每次回到渔
村，闻到空气里变得很淡的鱼腥味，我都能获得一种宁静而寂寞

的感觉。村口停着一辆刷过蓝漆的小面包车。阿糖坐在村子的百年大榕树底下，旁边趴着一只毛发鲜亮的小狗，在视频里出现过。

阿糖倒不显得拘谨，仿佛我们是熟识多年的老朋友，他称我为退哥。和视频里不大一样，他其实很年轻，穿着也算干净，蛰藏着青年人的朝气和热情，所蓄的浓胡遮蔽不了他脸部的稚嫩。反倒是我，一副标准中年大叔的模样。我特意带了两瓶本地藻类饮料过来，喝进去有股淡淡的深海气泡的味道，递给了阿糖一瓶。他大口喝了几口。小狗看着我们摇尾巴，阿糖说它叫"水手"。我问他晚上住哪里，他说他们两在船舱里找了合适位置搭了帐篷。

来不及和村子的老人打招呼，阿糖向呑口走去，"水手"乖巧地跟在我们身后。当你走近，你能重新感受到巨船庞大身躯所带来的压迫感，它将大半个入海口都占据了，呑口半边天空的光线都被遮蔽了。船身很大面积的外铁皮锈蚀、斑驳、剥落了，部分船身露出了龙骨和钢架，船身底座密密麻麻布满了藤壶。此时尚在退潮，巨船船身底部大部分浸泡在海水里。呑口的另外半边海面上，停泊着一些蓝色小木船。

我发觉我好久没有仔细看过巨船了，现在像是在重新审视历史所遗留下的巨大的野心和负担。如果不是刻意回来，我几乎对它视而不见，或者说是遗忘了。呑口远处的第三造船厂也只剩下红砖围墙和一片倒塌的厂房了。寂静的村落萎缩在我们这座岛的西南角，海岛旅游旺季时，偶尔有路过的游客来村子转转，看一下百年榕树，和深陷沙滩的巨船残骸拍个合影。我突然有些伤感，当看到这昔日轰动四海的海上巨人垂垂老矣、衰败不堪的时候。

潮水退去的速度很快，踩过潮湿的沙滩，我们从船壳的一个破洞进入了船身。阿糖邀请我到他搭帐篷的船舱里坐坐，他反倒像本地的居民。船体四漏，海风在四处游动，越往里面走，越能听到海风里夹杂着的一股隐隐的回鸣之声。在那股回鸣之声里，我可以听见父亲的舞厅播放的港台音乐，岛城近百名船工修筑船身的击打声，巨船的马达第一次发动时的欢呼声，都化成了似有似无的潮声。

阿糖搭帐篷的位置是一个里舱，虽然那时候是下午，但里面光线昏暗，有点阴冷，阿糖点起了火堆，往锅里面添加木柴，我看得出很多是废弃的船木。烤着木火，我们席地而坐，我开始为他讲述我所知道的和似曾知道的巨船往事。我感觉很平和，脑子里瞬间流过很多被岁月遗忘掉的画面，有些来自我儿时的见闻，有些是母亲告诉我的，有些是我父亲在世时偶尔向我透露的，有些画面还很年轻，像是在我讲述时才刚刚发现的。像一座湖泊，我能感受到巨船记忆的很多支流都汇聚在了一起，闪烁着水波的银光。

3

讲述时，我常常会回到孩提时，那时候我的内心充满了对无限世界探索的好奇和无惧的勇气。巨船搁浅之后，我和小伙伴们经常登高到船上玩，轻快地踏着村里的男人们搭的木铁混合扶梯上船，从底部一个舱门进入船体，船有现在的三四层楼那么高，我们当时浑然不以为意，觉得比上树容易多了。村里经常要派人上船巡逻，遇见我们必定要臭骂一顿，然后把我们轰下船。为了安全，很多船舱上了锁，或许直到现在都没有人再将它们打开过。有一次，我们村十多个孩子在巨船上捉迷藏，因为藏得很隐秘，我在一座楼梯底部睡着了。等我醒来时，天完全黑了，我凭着夜晚微弱的光线小跑着穿过许多条舱道，过了很久才得以从船身里出来，记起了我是谁，乘着夜色走摇晃的扶梯下船，回到家中。我一无所惧，回去也没向爸妈交代。

我当时有过一只机灵的小狗，和阿糖的"水手"神似，叫"杰克"，总是在村口等着放学的我归来。杰克是一只闽犬，吠声有闽南人口音般的中声调。它的祖辈常住在渔船上，在渔船上长大，熟悉鱼腥味和船只上的摇晃感。夏天杰克会和我一起跳到大海里游泳，我记得有一次它很悠闲地躲在船底纳凉，头顶是巨船的螺旋桨。后来杰克被一个船员吊死，成了我们村长辈的下酒菜，完成了一只乡下狗的使命。我从小伙伴处得知后号啕大哭，泪水自眼眶里涌出，将我们家一楼薄薄淹没了一层，木桌椅像皮筏一般漂浮起来，我妈蹚着我的泪水进屋，将我像婴儿般抱起，给我擦了一个热水澡，说要再给我养一只刚出生的闽犬。

我向阿糖讲述我的爷爷余乃佑的故事。他是造船厂的一号工位技师，简直是自学成才，带领几位渔业转行的技工完成了巨船大多数核心零部件的安装任务。在第三造船厂自我研发的马达烧毁之后，我的爷爷余乃佑跟随船厂厂长到上海船舶机械厂考察，运回一部二战废弃战舰上的德国马达，对照四处搜集来的图纸，半个月后将废弃的德国马达重新发动了起来，在几个月后改进研发出了能够正常发动的自产马达。

很多巨船记忆的线条逐渐清晰起来，像是带你走进雾气里，路过更多存在的实物，我对自己讲述的清晰程度都有点感到诧异了。烤着锅火，我发现原本远离的村庄、忘却的往事都逐渐回来了，像驾着漂泊的舟楫在海面上航行，慢慢靠近那些远方的岛屿。我似乎看见了我的父辈和祖辈遗留的记忆残像。我看到一车一车的铁架、铁锅、铁床都熔成了铁板。看到那些比我精瘦但精神的青年人，吊在空中焊接拼成船体的铁板之间的缝隙，空中飘出金属烧焦的味道。我看见我的堂叔余阿金在切割时被截断的食指掉落在铁屑之中。阿糖听得很认真，他忽然打断我，问我余大春当时摔下来后怎么样了。

余大春是我的堂伯，他是我们村子上一代里赫赫有名的人物，曾出任过造船厂最后一任厂长。对于阿糖的提问，我有点惊讶，我不知道他是查阅了什么资料，居然知道余大春，还清楚余大春从船上摔下来过。堂伯那次的事故非常严重，听我伯母说过当时她内心很害怕，以为堂伯没救了，偷偷到被封闭的圣母庙哭泣，央求妈祖保佑。堂伯居然挺了过来，神奇康复了，只是左腿跛了。在超级台风移动了巨船之后，尚小的我还看到他跛着脚登上了巨船，在驾驶室边喝闷酒边哀叹。

阿糖还问下乡的工程师朱天柱，问我是否了解他的故事。我从来没有听说过这个名字，也不记得有位从大城市里下乡而来的工程师。但就在阿糖提问后，我沉思了一会儿，脑海里一扫而过一位长相斯文的戴眼镜青年，个子不高，眉心处有颗痣，对我的爷爷余乃佑的技艺崇拜有加。我有点诧异，问阿糖是如何得知这个名字的，阿糖说，感觉是这几天住在这里，这艘船残留的记忆告诉他的，有时候好像还能够听见它微弱的心跳，能辨认出朱天柱当时的相貌，能感知到这位工程师离去时无尽的不舍和留恋。我很愿意相信阿糖的话，但又一想，他已在这待了五天了，也许是哪位村民告诉他了关于朱天柱的事。住在船中让他产生了生动的臆想。

4

那个晚上，回到了岛城中心城区，我点了一桌本地特色菜和海鲜招待阿糖，还叫上好友米敬。我们请阿糖喝本地家烧"苦海酒"，这种源自祭祀的白酒带着一点点苦味，喝了之后会让人倍加感慨，忘却人生的苦痛，而醒来后会加倍悲伤。阿糖说起他去过东南亚的海岛，有一个地方和我们这里非常相似，他在那里被一群海鸥包围了，有一只就停在他的肩上。他还到过南非，坐过那里久经风雨的帆船，他学黑人水手爬到桅杆上张望，上岸后他和黑人水手们在夜色里跳舞。

阿糖和我的爷爷余乃佑很像，讲故事时具有说书人般让人倾心的魅力。我们问拍短视频好玩吗，有那么多粉丝。阿糖说他其实很辛苦，毕业后曾经打过工，但他不愿意妥协，只能流浪，他知道自己的流浪积累不了财富，拍短视频很偶然，他需要众多让他做下去的精神支持和一点物质支撑。我读出了阿糖表达时所释放的孤独感，和他对孤独的接纳、对抗。我也很希望能获得阿糖的这种能力，有时候我很羡慕处于人生艰难期的我的祖父和我的父亲，他们都有曲折的生活故事，不像我的生活这般单调、贫乏、缺乏勇气。

阿糖不断回敬我们酒，说感谢退哥和敬哥的招待，说自己无比高兴和荣耀，邀请我和米敬跟着他去游荡江湖。排档吃得很晚了，之后我们又带阿糖到海边大堤上散步，散散酒气。堤墙的另外一边就是大海，秋天的海边夜景更显得安静，踏着大步健身夜行的岛民也不多了。怕不安全，深夜我们没有送阿糖回月亮湾村，而是就近给他开了一间客房。第二天一早，阿糖微信回复我说，他下午就离开了，让我不用送，感谢我们的招待，这里的一切都非常独特，他明年肯定还会再来。

过后几天，我还沉浸在阿糖的来访中，沉浸在船舱里点燃的火堆旁，沉浸在我成为说书人向他慢慢讲述的那个停滞的时空里。两天后，没想到阿糖发布了另一则视频，视频里的主人公就是我这位渔民之子。我看到我满脸笑容，带着他在石厝间穿行，在卵石滩上等待，踩着沙滩，攀缘着破损的船体，从一个空洞里进入巨船，坐在锅火前讲述的画面。我发现那个人和平时的自己像又不像。阿糖在视频里说他很喜欢这样的小岛，或许在他厌倦了废墟探访之旅后，会在哪座小岛上定居下来。阿糖居然还拍到了在巨船驾驶舱所见的落日，不是那天的。视频里有一个画面一闪而过，我按了暂停，发现那个空间很洁净，像是在一艘新船的密室里，而不是在破旧的巨船内部。

怀着很深的惭愧，在阿糖走后，我又独自一人回到了巨船内部。我来到了阿糖录播时的那个内舱，坐在那个火盆旁，感受前几日向阿糖讲述时所获得的宁静和激动。我在阿糖留下的铁锅里点火，往里面添加沙滩上捡来的碎木头和竹竿。沙滩上，你可以捡到很多各异的漂流之物，或许是留有铆钉的船木，或许是一只椰子，它们可能来自你想象不到的遥远之地。锅火熊熊时，我记起了爷爷余乃佑说过他在虎岛捡到过一片白色"龙鳞"，晶莹剔透，闪动着我所没见过的梦之寒光，后来捐给了云岛寺，压在新建的一座浮屠的塔基底下。

我处于半睡半醒之间时，经常感到自己像是被某个群体的记忆缠绕着。锅火点燃时，我感到了深深的愧疚，对于遗忘这座巨船所封印的关于造船厂、渔村、我的祖辈和父辈还有眼前不语的大海的记忆。锅火熄灭之后，我又想象着自己终于鼓足了勇气，带着一只闽犬，坐着阿糖驾驶着的小货轮，走向另外的废墟之地。有次，米敬打电话过来，很冲动地说要一起包一艘小船，漂荡在东海之上，找到只有偷渡者才偶尔见到的海上蓝色冰川，爬到蓝冰川上躺一会儿，我喜欢他的想法。

在船舱里，我搭了一个帐篷。我开始在船舱里过夜，当然一般只住一晚，困倦了，我就让自己舒服地躺在睡袋里，旁边点着篝火，等待巨船新的记忆碎片涌进来。夜晚太过宁静，外面一片漆黑，我能听见远处的潮声，像是藏在体内的很原始的恐惧感和孤独感。有时候会被巨船的记忆吵醒，会睁着眼透过船体上的空洞看外面的星空。有时候，它什么也没有说，第二天清晨醒来时会感受到前所未有的空灵。

5

生活轨道里一切都还在以它们的方式高速旋转，偶尔我会允许自己脱离那条轨道，骑着蓝色的电瓶车去探海，回到我出生的月亮湾村。有时我会带点水果到几位健在老人的石厝里坐坐，在暖阳天里陪他们坐在家门口晒太阳，像沙滩上笨拙的海龟。几位老人经常早起，到后山上耕种，满山都是过剩的粮食、蔬菜。二婆已经走不动了，身体比年轻时萎缩了一圈，每次见到我都噙着泪一般地看着我，说我的父亲那么早走了好可惜，说她自己活得太久了。我能看见她患有白内障的眼眸里闪动着过去的光泽。

回到旧土地上，我经常会把自己的身份混淆，在古井里打水洗脸，会在青石井口里看见我的父亲或者是祖父的重影。我的小叔公余乃贵很老了，患上了阿尔茨海默病，脑子里尽是几十年前的景象，经常把我误认成我的父亲，对着我叫我爸的名字，状态好转的情况下会认出我，讲我小时候如何倔强、呆头呆脑，个别时候他甚至把我看成了我的爷爷。

我喜欢和我的小叔公聊天，他能记住当年的很多故事，而对我近期的到访反而没有什么印象。他说起了当年的超级台风威力之巨大，把停泊在造船厂的巨轮移到了沙滩的位置，第三造船厂的厂房都被摧毁了。但是我们的小渔村像是受到了庇护，移动后的巨轮挡住了风口，月亮湾村竟然只倒掉了几座石屋，没有人员伤亡。巨轮搁浅后，我的大伯不甘心巨船就这样被废置了，接过爷爷的衣钵试图在甲板上种植蔬菜，运土太过麻烦，小叔公说他给我的爷爷出主意，他们差点就发明出无土栽培了，而那个时候我的父亲已经开始招募股份准备开办巨船舞厅了。

小叔公还是把我认成了我的父亲，我听得出他语气里道歉的口吻，说当时见我要开巨船舞厅，带着家族中几位长辈来反对。小叔公总是质疑，让我那个毛小子父亲要担待一点，特别是不能骗其他晚辈的钱，把青年人都拖下水。我的毛小子父亲不知道天高地厚，被逼得生闷气，想想自己身为有志青年竟然不能摆脱捕鱼人的悲惨命运。父亲找大叔公撑腰，大叔公是个老革命，性情急，但见过世面。大叔公说要让年轻人折腾，这个世界太新了，一切都是年轻人说了算，平息了小叔公等长辈的焦虑。小叔公说我的毛小子父亲还真能干，有次一位金发碧眼的洋人来到我们这个小渔村端着一部相机拍照，到巨船舞厅上喝酒、跳舞，那个场景让大家再次看到了渔村发达的希望。

小叔公感慨几乎所有的渔船都不再出海时，我还是吃了一惊，他说话的语气轻微而悲凉。渔业捕捞经常伴随着海难，小叔公旧时以捕鱼为生，当时生产队里的很多青壮年都被大海夺去了生命。他们这代人幻想着能够征服大海，小叔公和我说巨船试航那天，他就在驾驶室，看着族叔公余乃良坐在驾驶舱的驾驶位上，他在旁边看着那些精密的仪器，想象着自己哪天也能够握着船舵，那种神圣感是他这辈子的巅峰，仿佛站在金銮殿上。不过，他说我族叔公余乃良和我的毛小子父亲才是对的，在巨船舞厅衰败后，最终他们都离开了这里。余乃良去了省城干起了服装买卖，我的毛小子父亲搬到了县城，逃离这里的人反而都出人头地了。小叔公突然又认出了我，说让我也不要回来，来看看就好，老古董或许能给我们力量，但是那些力量有时候过于沉重了。

小叔公的讲述总是干巴巴的，每次和他聊完，我都想象着那些画面，登上巨船，回到锅火旁寻求巨船记忆的印证。有时我在想，阿糖所选择的舱位是不是刚好是巨船中枢神经所在的一个节点，在那里总是能看到过去的人潮。我看到了族叔公余乃良作为乡政府指定的船长，坐在驾驶舱驾驶位上那镇定自若的样子，像是一名旗手。我看到了巨船在试航成功后，因为柴油耗费巨大久久停泊多年后的失落。我看到了我的爷爷进入动力舱，给马达加润滑油，轻轻擦拭着灰尘时脸上的焦急。

我被他们的情绪感染着，记起了我没有眼见的更多画面。那些回忆真实、破碎，富有冲击力，只要我足够耐心，通过拼凑，那些散乱的记忆终究会回到它们的位置上，并拼出一幅完整的图案。我慢慢将那间船舱改成了我的冥想室，或者说是茶室。在米敬的帮助下，我还加了一组太阳能电池，用于提供电源，不然太费蜡烛。放置了一个书架，带了一些哲学书、小说、诗集，将火炉的位置进行了移动，放置了一些茶具，加了一张懒人沙发，帐篷放置在角落里，里面有睡袋。我很享受在这里可以躺着什么也不想，或者在炉火边读几本书的状态，那些新的老记忆所带来的情绪的浪潮会涌过来，很像是和小叔公聊天时的感觉，带着被时间过滤后的淡然。

6

　　有空，我也会去寻找巨船里密闭的空间。总有一些船舱是我没有见过的，里面藏着被遗忘了的故事。很多舱门锈住了打不开，有些是当时锁上后一直没有再打开过，还有一些我知道是巨船自己都把它们给忘记了。我花了很长时间，还是没能走遍巨船的所有空间，有时候它像一座巨型的迷宫。

　　在一个货物舱里，我突然认出了朱天柱。我看到他在返城的前一天晚上约了一个他心爱的姑娘在巨船的货物舱里见面。那一晚，两人沉默了很久，哭了很久，又笑了很久。在泪水里，他第一次亲吻了她。那个晚上他们一直拥抱着，接近于睡着，先是在烛光中，后来是在月光中，然后是在黑暗中，最后是在晨曦中。他的心里波荡过各种的想法，他甚至一度鼓足勇气想说出自己的承诺，但是都没有说出口。第二天一早，她目送他下了巨船，看着他离开了月亮湾村。我在微信上和阿糖说了关于朱天柱的悲伤经历，阿糖说感谢我终于解开了他在巨船上所感知到的那一股谜团。

　　我去了好几次父亲当时经营的巨船舞厅，带着在冥想中所获得的镜像，看着空荡荡的舱体。我像是带着我的父亲故地重游，回到当时盛况时的舞厅，抬头看着舱顶舞灯晃动着的绚烂。总有人等着在小彩电面前点播他最喜欢唱的港台歌曲，穿喇叭裤的男青年在外围一圈的小桌前喝啤酒，偶有几位烫着波浪卷的女青年到来，四周的男青年都转头来看她们。我妈最喜欢听我和她聊巨船舞厅的往事，她总是夸耀我父亲当时的舞厅红火极了，吧台上还有很多洋酒。有一款淡蓝色的酒，倒在酒杯里像是被捕获的秋天的晴空。父亲为验证洋酒的纯正，用打火机将酒点燃，熄灭后，就着余温，父亲请她一饮而尽，母亲说自己感觉到无比空阔的暖意。那款酒有个很好听的名字，可惜她忘记了。

我看到了巨船舞厅迅速没落时我爸一个人在舞厅里扫地的场景。在一个醉殴事件之后，舞厅关停了一段时间。我看见我的父亲独自神伤地坐在大厅里，一会儿清洗一下杯子，一会儿查看一下酒瓶，迷茫地想象着未来。我还隐约看见了父亲醉后将几箱苦海酒封进了一个密闭的船舱。我记得父亲和我开玩笑说过他在巨船里藏了一批顶级苦海酒，但是他酒醒后忘了它们具体的位置了。

像那船体一样，随着时间的推移，巨船本就零碎的记忆会出现更多的剥落、破洞，带着明显的锈迹。我倒变得更加淡然了，因为我知道只要我去的次数够多，总有更多的图景会被修复，或许重新突然跃现。我希望我妈能够再去船上看看，但是我妈很排斥，我也没有强求。我很期待哪天我忽然得到巨船破碎的记忆里关于那批酒的线索，然后给我妈一个惊喜。我相信我肯定能够找到，只是时间问题。

倒是我的小叔公很高兴，在我提出和他一起上船看看时。我没想到他的身手竟然这么敏捷。我原本还很小心地扶着他，但是之后，我差点跟不上他的步伐。小叔公说，怎么感觉自己还是个青年人。那时候已经是傍晚了，当小叔公站在驾驶室内看着汪洋大海时，正好面对着落日映照的海面。登临高处看海上落日，内心会有一股急剧想和人分享的辉煌感。秋天的海上落日很绵长，绚烂非常，又带着一股安静，让你感到无比欣慰。那一次刚好有位游客也在驾驶室前的平台上看落日。她见到了我们，问我能不能帮她拍个照。我了解到她叫南晶晶。

7

在冥想室里，我偶尔会被这艘巨船所遗留的雄心所打动。如果将巨船改造一下，它会成为极具艺术品质的展厅，可以办一些独立艺术家的画展。米敬在我的冥想室里喝过几次茶后，也鼓动我找岛城文化局，一起策划巨船音乐节，请一批流浪歌手，在沙滩上搭白色的帆布帐篷，卖门票和烧烤，肯定会引起轰动。而南晶晶靠着我的肩膀说，她很想在这里开个养老院，陪那些老人看看夕阳。

南晶晶很吸引人，带有文艺女青年的复古味道，她的淡黄色亚麻裤裙在海风中飘展。她说看到了阿糖的视频推荐，她就来了。她是第一次看海，第一次登上这样的大船。我说，那你有没有认出我？南晶晶惊讶地说，你就是那个渔村的儿子？把小叔公送回家后，我给她发微信，她说自己还坐在平台上。我想象着她那孤单的身影说，等一下可能还有晚霞，我可以陪你看。比较遗憾的是那天并没有出现霞影，但是天海之间的天际线还是留有一道美丽的金边，像是海神忘记拨动的琴弦。南晶晶说她想这样静静地坐一个晚上。我说那我去带点烧烤和黄酒过来。

骑着电瓶车回到本岛买了烧烤、一点煎饺、黄酒和蜡烛回来的时候，我发现南晶晶依旧坐在那里，手抱着膝盖，模样娇柔而忧伤。海上渐渐升高的月亮就在远处，月光投射到海面上形成了一条银线，远处的岛屿隐约能够看见。入夜了，海风微凉，我和南晶晶就进到驾驶室，盘腿吃着烧烤，喝着黄酒，我和她说起我的家族史，关于巨船的一些故事，讲我父亲经营过的巨船舞厅、卖过的海洋之泪般蓝色的洋酒。

那个晚上我和南晶晶聊到很晚。南晶晶说她其实是一个人来散心的，她开始和我说起她初恋的故事，她和大学室友远赴青海，见到了一位青年牧民。她越说越伤感，突然抽泣了，说其实她刚刚离婚，子宫受损做过手术，怀过的孩子都流产了，老公以此为借口外遇，婆婆和养尊处优的她冷战。南晶晶讲述自己故事的时候带着很迷人的忧伤，我有种想抱她的冲动。

我很享受那样的时刻，南晶晶借着醉意把头靠在我的肩上。不过我想到了朱天柱，我叫了夜间的出租车回去了，把我的冥想室让给南晶晶。我说，海神、妈祖都会听见你的述说，我们这里有一个妈祖宫，有三百多年的历史，妈祖是女神，特别体贴女人和海边人的苦痛，或许你可以去看看。第二天早上，南晶晶发微信过来说她看到了海上的迷雾，宛如仙境，真希望我能一起来看。那天我上班，特别繁忙，南晶晶说她已经返程了。

我看到南晶晶给我发来的照片，有昨天的落日、夜海，有妈祖宫的烛火，还有一张某个安静客舱的照片，外面的光线透露进来，有一株彼岸花放在客舱的木质椅上。我有点诧异，想到了阿糖当时拍过这样一个客舱，我重新翻看了他的视频。我问南晶晶是怎么找到的，她说她一直在内心祈祷，向着巨船，向着海神。

早上她睡醒时，脑子中好像获得了一条路线般清晰，她穿过阴暗的过道和船舱，她拧动着舱门把手的时候隐约感觉到像是有谁在舱门内拧开了里舱的门锁，她看到了一个整洁如新的客舱，只是里面的木椅有点陈旧，像是有谁刚刚打扫过，她的内心涌动着难以言说的感动，像是获得了初始而朴素的力量。

在冥想室，我带着我的祈祷入睡，我期待能够找到父亲所藏起来的苦海酒，我知道巨船肯定会告诉我。那一晚我睡得很安稳，甚至闻到了酒香。第二天醒来的时候，我的脑中获得了一条路线，这条路线是我没有走过的。我一直朝巨船的尾部走去，我感觉我在过道中走了很久，走了几十年，走进了我父亲和我祖父的记忆深处。来到了一扇斑驳的舱门前，我转动把手，一开始很紧，像是锁住了，然后突然间转动了。

我推开舱门，找到了我所发现的第一个保存完好的船舱。里面出奇地保持着干净，布置得井井有条。发动机和涡轮、齿轮依旧崭新，还抹着润滑油，像是刚刚修整完成，机器所用钢的成色也非常好，一切都在等待着有谁去启动它们。我突然明白，巨船听从我内心最深层的期盼，带我来到了动力舱，而不是酒窖。我的心像是被击中了一样，我知道我来到了比藏酒处更为原初的所在，这里的时间好像是静止了一般。

南晶晶在收到我快递给她的礼物后说，她很喜欢这个礼物，她触摸到它的时候，总是能够再次回到那个她采了一束彼岸花放置的客舱。用巨船剥落的铁皮，我请东海造船厂的一个老师傅做了几艘小小的船模，一艘寄送给了阿糖，一艘寄送给了南晶晶，一艘留给我儿子当生日礼物。我不太愿意在我儿子尚且幼小的时候带他上船，我告诉他在老家的渔村里，有一艘巨轮，这个是它的缩小版，等他哪天长大了自己登上巨船看看，帮我找到密藏多年的苦海酒。

灯塔寺

1

　　祖晴问我要前往灯塔寺的攻略，说她很想探寻一番，她说托马斯·青城是搭着我们当地渔民的木船去那里的。灯塔寺在王岛上，王岛是个小孤岛，高中毕业的那个炎热暑假，我跟着同学郑文建去他在王岛的老家住过一晚。那晚，我们原本计划睡在靠海的阳台上，没想到半夜凉透了，我们只好卷着席子进了屋内。王岛上有一座简陋的石头灯塔，建在岛的南坡上。我和郑文建，还有当时同往的几位同学就坐在塔前烧烤，设想着未来的大学生活，对灯塔本身已没有过多印象了。而今的郑文建在京城任职，数年未见了，偶尔能看到他晒几张自己的照片，整个人有点虚胖，头发稀疏，但皮肤倒始终留有岛民常见的小麦色。

　　我不知道王岛上是否有某个地方叫灯塔寺。第二天，我收到郑文建凌晨微信给我的回复："我听族长说过灯塔寺，传说王岛上建有一寺一塔一密道一练兵场，在我小时候只能看到灯塔和小岛顶部疑似练兵场的遗迹了。"他还说，现在郑氏后代早已不习武。他自小就没见过什么寺，但是都那么叫。也从来没有看到过所谓的通海密道。郑文建睡得太晚了，我觉得他昨夜可能是酒醒后给我发的，发的消息很长，夹杂着好几个错别字。我把这个消息截图转发给祖晴，还有在网上搜的王岛照片，蔚蓝色的海景，有几只海鸟，可以看见一座粗糙灯塔的身影。

　　我说那我们也坐渔民的木船去，我也好久没坐过木船了。高中毕业的那个暑假来去王岛都是坐木船，回来的海途上暴露在猛烈的太阳下，让我对自己的未来深感烦躁不安。王岛灯塔虽是遗迹，但是地处孤岛，知道的人很少。我问祖晴是怎么知道的。她说两年前，她在新西兰旅学时在月食书店读到了美国作家托马斯·青城的游记《独悬海外》，写他来中国探寻海上丝绸之路的故事，里面提到了灯塔寺。插图照片里，有一张托马斯·青城戴着斗笠和一位年轻渔民的合影。祖晴是我多年前在云南旅游时认识的一位小姑娘，那个时候她还是大学生，几人结伴游赏梅里雪山，她是那种超脱凡俗的、让人抓不住的女孩。

我觉得自己太闭塞了，作为一个写作爱好者，我竟从未耳闻岛城来过一位戴斗笠的老外作家，那本来应该是很轰动的事件。对自己的家乡，实际我也不太了解，王岛上当年还有两个自然村，现在岛上唯留几位老人了吧，我多年没去过了，差点忘记那座灯塔。陆续看过一些新闻，和王岛有所关联，比如用上了风电，安装了先进的海水淡化系统，基本上都是噱头。我问了一下，去王岛现在居然已经没有公共交通船了，只能坐熟人的渔船前往，或者就要包船了。

站在木船凹陷的舱体内，有种和海很贴近的感受。在柴油马达声里，船老大站在船舱里驾驶，不太爱讲话，淡然地看着远方的岛屿。我和祖晴半靠在船栏上，稍微一伸手就能碰到几乎像是要涌进船舱的浪花。站累了，就坐在木船高起的甲板上，祖晴撑开雨伞，我和她在马达声中提高嗓门聊天。她说起她去奥克兰一个小岛旅游时，也是搭着当地渔民的渔船去的，岛上有一座高大的白色灯塔，那次她的鼻子都被晒破皮了。我了解到她出国短暂打工旅学了两年，这两年又返回了国内。祖晴成熟了很多，不再是我在云南时遇上的那个小姑娘了。

祖晴突然问我，她不知道应该选择留在大城市，还是找个像她自己家乡那样的小城待着，还是继续出国游学。当有人把你当成老朋友和你推心置腹时，你会觉得惭愧，我总觉得她问错人了。不过，我还是很真诚地却也是避重就轻地回答，要遵从自己的内心，每个人所走的道路是不一样的，或许我们可以在王岛上找到你所要的答案。

2

登岛时我有些意外。我这种"渔三代"习惯了孤岛的荒芜，但王岛码头周边的场景并不像我预料的那样冷清。祖晴早早就发现了一个渔排，上面站立着几只白鹭，两位青年渔民的身影在渔排上忙碌，有一位赤着膊，身体精瘦而黝黑。我说那几只白鹭可能是在等待猎食，也可能仅仅就是站在那里发呆。木船途经渔排时，祖晴向着那两位青年渔民挥手。木船靠岸了，柴油马达依旧开着，发出一贯的轰鸣，船老大从驾驶室下来，在甲板上将缆绳甩出，缆绳套住了码头的一个水泥墩。我先踏着船头跳上码头，伸手接住祖晴的手上了岸。

我能感受到祖晴登岛时因为船只摇晃、登岛的新鲜感所产生的眩晕，她像是再次迷失了。废置的几只铁锚和一台柴油机马达早锈成了棕色，码头上堆砌着看着比较新的渔网，礁石边的竹架网笼上晒着一些剥皮鱼干。码头旁是个半月形沙滩，轻柔的海浪一下一下拍抚着金黄色的沙子。祖晴好像已经忘了探寻的目的，只管自己跑到沙滩上，脱了鞋袜，光脚踩进海水里，一个小浪就将她的裙子打湿了。

小岛透露着一种久违的宁静感，让我产生了想重新去爱这个广阔世界的冲动。村庄里多了一些土墙建筑，带有一些艺术性，有着非洲建筑的粗朴感，和我们岛上闽南传统的石厝屋不太一样。光膀子的青年渔民和另外一位渔民半跪着划泡沫筏，准备上岸了。我想问问他们岛上近来的一些情况，就站在沙滩上等他们。差不多近岸，两位青年渔民都直接踩着水，一起拖着泡沫筏走上了沙滩。我用本地方言和他们打招呼，他们像是没反应过来，我只能用普通话和他们交流。我问他们是哪里人。光膀子青年笑着对我说，他来自台湾花莲，叫孤山，后来我知道他本名叫郑航客，他的台版闽南话和我们岛城的闽南话还是略有区别。另外一位来自山东曲阜，叫孟近仁。

祖晴像是认出了孤山，问他是不是和托马斯·青城一起在灯塔拍过照的那个青年。孤山说是的，说托马斯·青城是个很可爱的外国老头，在这里住了一个多星期。祖晴和他们说了本次寻访的目的，想看看那座灯塔。孤山说欢迎我们先到公社中心坐坐，等一下再陪我们去灯塔，他们对灯塔稍微进行了修缮。孤山很有当年郑文建的感觉，像是我们当地土著同学一般好客。孤山和孟近仁看着都蛮文气，都比我小，只是都拥有渔民那晒得黝黑的肤色。

我不清楚这里如何集结了一个小公社，这是我们这代人都注定要离去的孤岛，却能招引另外一些漂泊的灵魂栖居。公社中心就是当年的村部，是一座砖泥结构的二层建筑，不过很明显修缮过，外墙涂成了黄泥色。低矮的院墙用石头重新砌过，院子里很整洁，有几把木椅围着一只大铁锅，靠墙处堆了很多木头。门口挂着块木牌，可以看出是一块老船木，上面用苏体手写着几个字：灯塔寺公社。孤山让近仁陪我们在茶桌前先坐一下，说他去去就来。进门时我看到有位男青年在弹吉他，一位女孩子就着木架子画画。

近仁给我们沏茶，泡茶时加了一点白色晶体到茶壶里。我注意到这个细节，问近仁这是什么。近仁说，这是公社的待客之道，请客人喝的第一杯茶里都要放点自晒的海盐。这个小习俗来源于青瑞，是他们这里很懂生活艺术的一位女孩，她一直穿着汉服。这个社区在形成属于它自己性格的习俗。孤山来这里时间最长，好几年了吧，他是位真正的生活梦想家。他在博客上发起了"灯塔寺公社"社会实践项目，要把这孤岛打造成接近梦的小天地。孤山通过当地乡镇向村民租下了一些空置的房屋，当地人知道他是村民的远亲，也就意思意思，一间石厝一年就收个几百一千块钱，孤山的法律意识很强，都签了租赁合同。陆续有漂流者来到这里。近仁的描绘太过于诗意，如果不是我刚看过他在渔排上作业而我身处孤岛的话，我很可能会以为自己撞见了骗子。当我知道近仁是一位社会学博士之后，我很惊讶他留在了这个偏远之地。或者从我的内心深处来讲，我有点妒忌他，他有足够的时间可以用来荒废。孤山回来了，穿着一件纯色的已经有些褪色的T恤。

3

　　祖晴显然喜欢上了这里。祖晴很自然地和他们聊成了一片，说自己在新西兰上学时就遇到过一个小岛上有类似这样的实验社区，不过他们带有教派性质，他们收集全世界的老种子。她在那个小岛社区，看到了一池古莲花，是从一颗古莲子繁衍出来的，这颗古莲子是在尼泊尔的一处佛教遗迹里与一堆舍利一起挖出来的。她和那里的一位华人青年还保持邮件联系。孤山说，他们最近与泰国和印度的两个小岛的实验社区都有互动，准备在明年做一次小岛社区访学。

　　好像只有我是紧张的，我静静地听着这些遥远的话题，很不真实。某刻，我确实也想成为他们中的一员，但我也知道我今天就会返程。孤山说这里的生活其实都很简单的，只要首先解决基本的吃穿问题就可以了，花不了多少钱。生活本身没有我们想象的复杂，自然界如此富足，很慷慨地养活我们。他们平时其实很闲，有很多空余时间，但是为了回应这个世界的忙碌，他们还是会不断给自己找事情做，由个人发起需要社会成员共同参与的项目。这段时间大家一起去渔排养殖，前段时间五至六月他们一起学潜水，前两个月这里的海水清澈无比，可以看见海中的游鱼，和冬天海水的浑浊完全不一样。他们的项目允许失败。

　　孤山说马上开饭了，我们可以等吃过午饭后再去参观灯塔。祖晴说她去厨房看看，她很久没回来，吃午饭时，有位阿姨端着咸饭大锅过来，祖晴端着装着紫菜汤的另一个锅过来，给陆续进来就餐的社员们添饭、加汤，我就知道她刚刚是去帮厨了。大家的就餐也没有太多讲究，陆续又来了好几位青年，大家就在圆桌旁一起用餐。孤山见人就介绍一下我们，大家看到我们基本都是微笑表示欢迎。

祖晴说她很喜欢柴火灶，刚才就坐到了柴火灶前加柴，火光产生的热量并没有让她感觉到炎热，反而是感到很温暖，她和负责烧饭的古阿姨说了好多话。古阿姨原来住在上海，带着她的儿子出走，到这里住了一段时间后，就再也不想走了。午饭时，古阿姨很健谈，她对我说，在城市里她从来没想过可以过上这样的生活，生命有时候会给你带来完全不同的礼物。她和博智都喜欢这里的单调，站在岛屿顶端还能看到无边的海水。他们在山上种一些蔬菜瓜果，当然菜品不够的话，他们还是要去大陆上运回一些。

古阿姨是这个社区仅有的中老年人，我后来偷偷和祖晴开玩笑说，古阿姨看上你了，要你当她的儿媳妇。我告诉祖晴我的推论，我看到博智的时候就猜到了背后肯定有隐情，我猜想她的儿子博智可能是病人，只是在求一处山水僻静之地静养，而这个地方给了他们庇护。我爸当年病情缓和时，我和我妈策划着有一天能带着我爸一起找一个山清水秀之地养病，可惜后来直至我爸病逝都没有机会。祖晴有点怜悯地看着我，带着转瞬而逝的深情。

青瑞穿着汉服进来时，我的目光不自觉被她吸引了过去。我发觉我自己处在一种看电影时的恍惚状态，青瑞仿佛是活在画中的姑娘，你会觉得她身上的汗味都是香的，带着一种迷人的茉莉花香味。青瑞让我马上想起了当年和我老婆恋爱时的心醉感，很不真实。

4

青瑞和孤山陪我们去往灯塔，但我仿佛听青瑞说的是陪我们去往"图书馆"。我进入灯塔后才明白，灯塔内部被改造成了一个小型图书馆，青瑞发起了"灯塔图书馆"公益项目，成了"灯塔图书馆"的主管。灯塔明显修缮过，有些黄石显得年轻一些。灯塔周围清理得很干净，围着一座后砌的石头矮墙，有个小木门，门口矮墙上挂着书写着"暖石图书馆"几个毛笔字的木牌。灯塔门口，立着一块残缺的石碑，很模糊地写着两个字，孤山指认着说是"崇武"。

我发现我以前实际没有仔细看过这座灯塔，这座灯塔由黄石砌成，有两层楼高。孤山说顶部其实有个小平台，这个灯塔当时应该兼具烽火台的功能。从它的建筑工艺来讲，这不是一般的村民所能建筑完成的，门栏旁的石头上隐约有字迹，已经看不清楚了。我说"暖石"两个字取得很有诗意，既有灯塔照明的意思，也有图书温暖人心之意。青瑞说"暖石"是一种很尊贵的石头，它的学名叫火山太阳石，材质里有硫黄成分，大家一般叫它太阳石，不过它在方言里叫暖石，王岛的东南面几乎都是。

我们进入灯塔内部，里面很干爽，温度不高。青瑞打开灯，里面的设施有现代民宿风格，空间不大，却有两层。底部应该有十平方米左右，中间放了一张木桌，木桌上放着一只鲸鱼骨香炉。靠墙处有个木质书架，所放的图书并不多。青瑞陪我上到二楼，二楼铺着地毯，一堆的书沿着墙壁较为随意地堆成了环形书墙，靠窗处有一把矮靠椅。这绝对是我所见过的最佳读书幽境之一。

青瑞说她很喜欢一个人坐在二楼看书，很舒服，会忘记时间。有的夜晚，周围安静极了，她甚至能听见外部月光铺洒在灯塔上发出的寂静之声，很容易进入书本里面的世界。有时候她连灯都不开，借着灯塔自身发出的淡淡黄光，只是闲坐着，似醒非醒，也不看书。青瑞看我有点惊讶，解释说暖石在经太阳曝晒后会储存太阳的能量，在夜晚会发出萤火般微弱的黄光，不过那个光非常微弱。让我有机会一定要自己来体验一下，说是说不出那种安静的状态的。

隐隐约约听到祖晴和孤山在楼下聊天。我们下楼，也坐在了书桌前。青瑞给我们倒茶，说上次托马斯·青城来灯塔图书馆时还没有配备茶具，托马斯·青城到武夷山寻访时给这里邮寄了一套茶具和两斤岩茶，我们喝的就是他自采自制的岩茶。孤山说起了那位戴着斗笠的外国老人来访时的情节。说老头很健壮，清晨起床就跳进大海里游泳，还很喜欢喝本地产的苦海酒。他是个中国迷，在青城山住过一段时间。他们都很喜欢这个老外，他身上洋溢着对古典文化的痴迷。

我问孤山是怎么找到王岛的。孤山说他在梦中看见了这里。梦见孤岛上有一座废弃的灯塔，他走进残破的灯塔里，感到伤感。后来他所见到的码头、沙滩，还有靠海的社区中心都和他梦中所见的场景很像。他还看见自己游进了一座水下神殿，殿中端坐着一位女神。孤山用他的台湾腔普通话说起他梦境的时候，让人有一种在台湾旅游的感觉，像是他带着你在梦境中穿行。我说，可能你前世就生活在这里。孤山让我想起了我的一个梦境，在梦中我见到了一座叫"白云寺"的寺院，它的后山有一座别院，我好像以前在那里住过。

孤山说八年前他大学毕业，给自己准备了一场环东南亚摩托车毕业骑行游，有一次在广西的一个陡坡上他差点死掉。那一次他在夜间骑行，没有注意到迎面有滚石滑坡，他的车速过快，摩托车侧翻，他摔了下来，后面一辆皮卡差点把他直接撞上。在他摔出去撞到地上的一瞬间，他并没有感到脚踝韧带拉伤所带来的痛苦，反而是重新看见了那个梦境。之后，他只好中断了东南亚之旅，回到台湾养伤。

他觉得自己的冒险之旅应该要转向内在，他应该遵循启示去寻找梦中的岛屿。偶然的情况下，他在家里读到了他的族叔郑应零所撰写的《故海笔记》，里面写到郑应零的父亲郑德钦原来生活在浙江东南一个叫"王岛"的小岛上，后来去了台湾，娶妻生子。郑德钦晚年住在台湾的一座小岛上，资助当地建成了一座石头灯塔。郑德钦嘱咐郑应零，以后一定替他回王岛看看，把他准备的一只鲸鱼骨香炉送到岛上，那里有他世代祖先的坟墓，还有一座废弃的黄石灯塔在照亮着他。孤山向族叔郑应零了解情况后，查到了王岛，看到了这座岛和黄石灯塔的照片，知道自己找到了梦境，陪郑应零一起到访王岛，并带上了郑德钦的鲸鱼骨香炉。

5

祖晴说她要在"灯塔寺公社"住几天，我只好一人单独返程了，重新回到陀螺般旋转的生活里。我加过孤山、青瑞、博智等人的微信，偶尔看他们在朋友圈发一些岛上的日常照片，看他们种番薯、酿酒、建土屋、堆肥、制作酵素、养殖的种种场景，夹杂在我的俗世之间。祖晴打过一个电话给我，说希望下次我去王岛时，可以给暖石图书馆捐几本书，青瑞离开后，她成了暖石图书馆的管理员。

再去王岛，居然已经是一年后的事情了，我带上了五本我很喜爱的书。这期间，为了补贴家用，我接了本地档案馆的一个文化项目，写岛屿的一些历史文章。海上历史缺佚较多，需要搜集散落在各地的资料，难度很大。中国岛屿的身世很多都被埋葬在时间的荒芜之中了，见证者多是那永动的海洋，有些随着海水淹没了，有些变成了传说故事。我一直在想我接下来的小书的书名，我目前想到的是叫《沉默的岛屿》。

我跑了周边的一些地区搜集资料，在隔壁玉环市档案馆尘封多年的一个木柜里找到了一本《东南海志》，乃玉环人张亦新所著，提到"贼岛，史上常有群盗盘踞。南明末年，有郑成功残部移守至此，筑石成塔，建寺海下，其后裔隐没无闻，岛居海捕，与渔民无异"的字样，让我如获至宝。我问了当地民俗专家王加营，他言之凿凿，贼岛就是王岛的异名。我向郑文建求证，他说他听家中老人说过，他们是郑成功家族残部后裔，留居在此，偶尔会以海盗身份抵抗清廷。郑文建说岛上郑氏老人，他的叔公尚健在，家中留有一本老家谱，里面可能有相关的印证内容，可以去看一看。我也第一时间把搜集到的资料发给孤山，孤山对这些很感兴趣，说他正在拍一部纪录片，问我是否能够把相关资料复印一份给他。

　　我再次来到王岛上，这次我准备住上几天。孤山显得更精干了，见面就称呼我为退哥。祖晴给我眼前一亮的感觉，她穿着汉服，显得很飘逸，让我第一眼错以为她是青瑞，仿佛是活在画中的姑娘。到公社中心，这次是祖晴给我泡茶，说请我喝好茶，请我喝一下社区终于培育成功的火山茶，种子来源于泰国一座小岛社区的赠送，我去年来时尚无收成。在祖晴的提议下，他们将暖石碎块搅拌在茶树的土壤层里，今春那几株火山茶像是得到火的滋养一般，疯狂地长出新芽，像是在涌出绿色的岩浆，让他们有点猝不及防，所有人只能放下手中的活，一直采摘了五天五夜。我能感受到祖晴内心的喜悦，她给我的茶杯加了点盐。我不太喝茶，但是我知道入口的是绝对的好茶。火山茶喝起来有点涩，甚至有一股淡淡的类似硫化氢的臭鸡蛋味，但是回口甘甜，让人提神。

　　我看到来了三四位我没见过的青年人，皮肤都已经晒得黝黑，不过没见到近仁。我问近仁在做什么，孤山说他已经离开了，去了西南一个大学任教，当辅导员去了。孤山笑着说近仁可能会觉得在这里谈不了女朋友。祖晴跟着半开玩笑说，可能是她天天缠着他。孤山说，公社本来就是流动性的，像是自然界中的水流一样，没有一成不变的，反而是因为流动让它有了生命。而且就算是只在公社住过一晚的人，也永远是这个社区的社员。

孤山陪我找到郑文建的叔公，我问了郑氏老人的年纪，已经九十岁了。我还担心郑氏老人不愿意拿出《郑氏家谱》，没想到多虑了。孤山和郑氏老人很熟，也叫他叔公，郑氏老人颤颤巍巍拿出了包裹着红布的家谱，家谱已经显得破旧了。家谱是手抄本，这本家谱的导语很特别，落款处有郑香猛的名字。郑氏老人说郑香猛是他的叔公，所写序语在民国初期家谱再编之时。我为读到序语里面有"南明飘摇，郑氏祖蟒为延平王守海上，常据孤岛，感怀家国飘零，惟存半壁藩篱，遂命能工巧匠，筑黄石灯塔，夜燃木火，又建海中寺院，供奉神明，以度海战亡魂。蟒之后人遂隐匿海涛，为寇为民，世有繁衍，乃至于今"这样的文字，感到兴奋异常。《郑氏家谱》和《东南海志》所录内容，几乎都可以对等起来了。

孤山又和我说起了他的梦，他自己带着鱼群游进了水中寺院，殿中端坐着观世音菩萨。孤山说起这个时节是群岛海水最清澈的时节，不同于冬季的浊黄，这个时节王岛四周海水清澈见底，可以看见海底的游鱼，是潜水的最佳时节。他这样说的时候，总带着些许遗憾的语气。他说自己考过潜水教练资格证，这两三年来都在利用闲暇时间潜水，掌握周边水况，包括暗礁、急流等等。不过他带来的头戴设备太少，只有两三个社员能和他一起探秘王岛周边海底的情形。

6

其实我知道孤山是想去找找他梦中所见的水中寺院，我知道他一直能够感知到它的存在。我说我陪他去，孤山不知道我自小熟悉水性，小学时我是校游泳队队长，拿过全县游泳冠军。我的水性是跟着我叔叔练出来的，他是个"水鬼"，也就是民间潜水员，职业需要他"摸叶子"。"叶子"就是渔船的螺旋桨，他经常要潜入海中除去缠绕在螺旋桨上的绳索、编织袋等杂物。孤山和我说在灯塔附近，有次他和近仁在潜水时遇见了海豚，它们像是远道而来，绕着那个海域转圈。

　　孤山知道我会留下几天一起和他潜水，高兴得像个小孩。东海清澈时，其实呈现的是淡绿色。在淡绿色的海水中潜泳，一开始你需要抵制大海的浮力，当你全身浸润在海水之中，你感觉自己听见了大海在流淌的乐音，是一种过滤掉无数声音的低沉之声。戴着氧气罐呼吸，你会感觉像是在海中与自己对话。阳光灿烂之时，在海底，你可以看见光在海水里波动。我感觉自己重新回到了儿时，那个时候的暑假，我经常和表哥表弟在大海里畅游，那个时候的孩子胆子都很大，会学着"水鬼"憋气潜入海中触摸船底，从船底的另一侧出来。未经烘烤清理的木船底部经常会覆盖满牡蛎壳，不小心就会将你的手指和脚趾划伤，小时候我们经常要受点小伤。

　　潜在海中，你更能够感受其无垠，你会甘于自己是大海之子，渺小而自由。我们潜水到岛南侧海域时，被一群大黄鱼包围了，那个画面非常壮观。淡黄色的鳞片在我们眼前闪动，它们绕开我们后，一直围在浅海海域绕圈。前方感觉是个水下洞穴，只是那个时候已经迫近黄昏，孤山上岸后说可惜他没有配备水下相机。下水前，祖晴为我和孤山抓拍了一张戴着呼吸泳镜走进海水的照片，非常写意。我没想到，等我们上岸时，祖晴还在下水点等着我们。

早早吃过晚饭，祖晴邀请我去夜晚的暖石图书馆坐坐。没有开灯，我和祖晴坐在灯塔二楼，从黄昏坐到夜幕降临，从夜幕降临坐到漆黑一片，以至于我慢慢看见暖石发出昏黄色的微光。我们就盘腿坐在图书馆二楼，暖石发出的微弱暖色光，刚好可以映照出我们的轮廓。我问她过得怎么样。她说经过一段时间的孤岛生活，她觉得自己想通了。去年冬天，海上落雪，整个社区的人开船到海上观雪景，那是她第一次见到四周茫茫海水之上飘着鹅毛大雪，雪花落进海水就融化了，她深深喜欢这样的生活。她打算再在这里住一年，然后她可能会去法国，虽然背井离乡很辛苦，她的父母也不希望她这样漂泊，但是这是她自己想要的生活。其实这种暧昧的氛围下，应该来点酒，不过我非常清楚祖晴是我无法把握住的女孩子。我和祖晴就这样盘坐着、靠着，什么也不想，像是处于时间消失的地方。

回到社区中心，那个晚上我差点失眠了，睡前禁不住将祖晴给我拍的照片发到朋友圈，并说了《郑氏家谱》中所记录的水中寺院。一位在美华裔朋友陈语嫣给我留言说：这个和她读过的曹静宇的志怪小说《海聊斋》中鱼将军的故事很像。我百度了一下，《海聊斋》是海外华裔黄静宇先生编撰的志怪小说，收集了和海相关的历代志怪小说485则，其中我看到目录里有一则叫《鱼将军》。我又百度了"海聊斋""鱼将军"相关字眼，从一位福建知性美女博主的视频里，终于弄明白了这个故事。

我沉浸在那个故事的幻影之中，半睡半醒：明末郑成功部将郑明舟，字蟒，誓死与清军作战，兵将多跌海而亡。明舟挟残部败退海岛，自号鱼将军，每每在崖上夜饮，想起跌海而亡的众多兵将不禁落泪。梦中他向观音祈请，观音命龙王护法，召跌落海中的兵将魂魄化成鱼群。每回明舟出船海战，船后总跟随着鱼群。某次郑明舟率部在海上遇伏，危难之际，忽见大海变色，敌船倾倒，而后海面上漂浮起大量伤残的大黄鱼尸体，其状惨烈。为安祭亡魂，郑明舟于东海王岛之下建海中寺院。后常见大黄鱼群绕着那片海域游行，似有朝拜留恋之意。

7

结合孤山的梦境，和我们昨日的潜泳发现，我觉得自己隐约找到了水中寺院的位置。就在暖石灯塔的正下方，大黄鱼群一直在围绕着环游的那片海域。第二天一早，我就叫醒了孤山，孤山说自己昨天晚上又梦见了水中寺院。孤山和我在灯塔下方的礁石处，沿着昨日的轨迹潜水，我们找到了昨天所见的山洞，这次我们带上了水下探照灯。

摸着山洞的岩壁慢慢进入，这是我中年之后少有的勇敢行为，像是又找回了儿时。往里前进了有十多米，里面的空间突然变大，我猜我们是进入了一个水下溶洞。在前方，我们看见了石头庙。石头庙规模不大，但是有很完整的三进院落结构，沿着微微倾斜的洞底而建。最前面是个石门门廊，上面隐约刻着字。外围感觉有两尊金刚，靠边有两座长角的男性神像，最中间是一尊半身高的女神像。神像覆盖水草遗渍，还有一层薄薄的海泥，面貌依旧可辨。

我们不敢久留，上岸后坐到礁石上晒早晨的太阳，像是完成了某个仪式。我们两个人都很兴奋，好像有很多想说的话，但是又不知如何表达。在礁石上坐了很久，孤山对我说，他发现安置鲸鱼骨香炉的最佳位置了。我们一起回到社区中心，消息传得很快，所有伙伴都聚拢了。孤山复述了我们发现灯塔寺的过程，可以看出他内心的激动，他说他将把鲸鱼骨香炉安放到灯塔寺中。所有人都觉得很应该，只有祖晴提出既然香炉已经放在灯塔里了，那就一直放着，不过感觉她只是随口一说。

我们举行了一个仪式，所有男性都光着膀子，露出晒得黝黑的上身，大家一起高声唱歌，所唱的是一首闽南歌曲，歌曲是孤山所教的，有悲壮的旋律，我还没有学会。因为穿戴设备有限，孤山和我抱着香炉，潜入水中将其摆放在了寺院女神像的前方。学过潜水的几个人都纷纷下水，游览了水中的灯塔寺。祖晴一直没有下水，但是可以看出她和其他人一样满怀兴奋，岸上的人计划着收集一些彼岸花的种子，在这个南坡上种一些。

那个晚上，在社区中心外的小院子里，点起了篝火，大家围坐在一起。古博智提议将今天定为纪念日，也有人提议将南明亡国或者郑成功去世之日，定为海祭日。孤山说灯塔寺公社奉行自然之道，昨日他和我都有所梦，今天重新发现了灯塔寺，今天就是一个被自然所选定的日子，而且我们刚才还举行了香炉供奉仪式，今后的每年农历六月初六，都将定为灯塔寺发现纪念日。大家一起商量着新的传统，策划着每逢这一天，公社的男性成员都要光着膀子在海中洗澡，女性要在山坡上种一些彼岸花。

也就是在那个晚上，我发现自己成了我一直梦想成为的像我外公那样的说书人。我忽然间好像获得了讲述诸岛故事的能力。大家都围绕着我，要我为大家讲述我所发现的关于灯塔寺的故事。在熊熊升起的篝火里，我从容地讲郑成功海上抗清的轶事，讲延平王败退台湾之后周边岛屿所留残部驻守抵抗的故事，讲鱼将军的故事，讲《郑氏家谱》《海聊斋》《东南海志》所列的故事，讲到郑德钦、郑应零、孤山、祖晴等人包括自己的故事，讲到暖石图书馆、灯塔寺、海上战船的故事，讲传说中那条通往过去和未来的我和孤山摸着岩壁进入的海底通道的故事。

我仿佛只是这些沉默岛屿的代言人。在《沉默的岛屿》出版后，我经常还会接到一些讲座的邀请。每次，我都像是在那个最初的纪念日夜晚那样，口若悬河，滔滔不绝地讲述着诸岛所隐没的故事、传说、史实。京城评论家李晓筠对《沉默的岛屿》的评论最为中肯，说这部关于群岛的民俗散文作品集，收集了岛屿散佚在时空中的历史，在某方面说，它又像是一部根植于闽南传统、海岛习俗、海洋传说然后凭借自身想象力而创作的小说集，很多的考据查无实证，仿佛来源于那些沉默岛屿的口述。

多年之后，甚至我本人都已经分辨不出哪些是这个岛屿真正的历史，哪些是传说，哪些是故事，哪些只是我本人想象力的产品。现在，只要你在网络上去查，就能查到一条词条"灯塔寺"：青年作家余退故海系列短篇小说《灯塔寺》中所虚构的灯塔附近海域内藏有的一座水中寺院。王岛灯塔原为明朝末年郑成功残部所建，后被移居该岛的流浪青年改造为一座图书馆。该岛被命名为"灯塔寺社区"。其原型来源于当地大巨岛废旧灯塔、水下寺院及郑成功后裔的相关传说。在《灯塔寺》畅销之后，当地旅游局尝试开发大巨岛，在大巨岛南面山坡选址建石头灯塔时，发现了一座明末庙宇地基，在该地基之上本地政府以火山石建造了一座石头灯塔，命名为"暖石图书馆"。在其附近海域水下，开发时勘探到一艘明代沉船，沉船内发现一座女神像、一副虎鲨骨架，还有一副精致的明代战甲，价值不可估算。根据文史专家推测，该战甲很可能是《明史》宝斋堂清刻本注释里所提到的郑成功为南明幼主打造的随一次海战沉入海中的黄金战甲。

贝壳剧院

1

女儿闻闻在生闷气。女儿是那种从小被娇惯着长大的孩子，遇到一点点小事情就很纠结，还故意表现得很黏人。我问她怎么回事。她说暑假作业里有一样是要准备在秋季班级晚会拿出个才艺。

女儿最喜欢的是画画，在这方面富有才赋，但画画这个东西很难在现场表演时出彩。她带哭腔的样子倒很有戏剧性，问我要怎么办。我问她是不是想学表演，可以找个搭档，演一出小品，还可以自己编剧。她思考了一下，说没兴趣。我本来还想是不是让她学剑术，当场表演一套舞剑动作一定很酷。不过我一转念，问她要不要学点魔术。女儿突然精神起来，问是在抖音里学吗。我说不是，我想到的是我的老师魔术师辛牧。

想到辛牧老师时，我脑子里立马能够联想到他的绅士帽，那黑绒的帽子像一座高高的城堡，很有异域风情。我突然意识到差不多有二十年时间没见过他了，我暗暗心惊时间的飞逝。也不知道那曾经辉煌无比的贝壳剧院如今荒凉得怎么样了。偶尔还是能听闻到关于辛牧老师的一些消息，多半是在新春下乡演出的新闻里，有一次我还在一位朋友的朋友圈里刷到了辛牧老师，他在表演扑克魔术。

我没有对女儿说我曾拜在一位魔术师门下，那可能会让女儿对我的老师失去信心。如今的我过于平庸，缺乏想象力，从未在生活中展示出任何一点的魔力，我对自己感到惭愧。或许我的女儿到我这个年龄时，也会成为现在的我，但是毕竟还有几十年的时间，可以产生一些改变的希望。我对女儿闻闻说，过两天我带你去一个小岛走走，看一场魔术表演，学两招。这位小宅女眼睛里突然冒光了，让我记起了我儿时所留下来的一张照片，照片虽然模糊了，但里面的那双眼睛和我女儿的一样，对未知的一切充满了憧憬。为了防止那两天女儿过于兴奋，我在网上搜了两则橡皮筋的魔术手法让她练习，她倒是练得像模像样。

我带着闻闻坐船那天，海水很是平静，像是在游湖。海水碧绿，船头破开的波浪在船身后面留下一道长长的白色痕迹，有几只海鸥一直跟在船尾。好久没坐船了，我居然感到了眩晕，这是很不应该的。我和女儿站在船舷上，靠着扶手望海。在中途，我可以看见远离的岛在变小，而远方的岛屿在缓慢地变大。本来我以为这些岛被城镇化的程度很深了，但在船上远远地看，你会感觉到原来那些岛基本还是绿色的，城镇的突兀感在远看时并没有想象中那么明显。

远方就是龟岛了。龟岛是我们这个群岛里的第三大岛，其实离本岛并不远，在大荒岛附近。旧时龟岛渔业繁盛，码头附近热闹非凡，停泊着各式的机船和木船，而今已经不复当年了。你注意看，远远就能看见码头不远处有一座低矮的半球体石头建筑，陷在废旧的制冰工厂旁，那一片制冰工厂是红砖式建筑，如果能够改建成美术馆，肯定会很棒。

姨妈家就在龟岛上。小时候，每个暑假，我几乎都住在姨妈家。那时候去姨妈家，基本都是坐亲戚的渔船渡海，船上飘荡着一股很强的鱼腥味，一开始亲戚会给我带路，后来上岸我就自己走过去。我像是又一次回到了那个暑假，站在亲戚的渔船上，和女儿同样的年龄。那个夏天，我经常和表兄、表弟跳到大海里游泳，整个人被太阳晒成黑炭。那时候有空，我们经常从后门溜进贝壳剧院偷看魔术表演。贝壳剧院成了我儿时的乐园之一。我和表哥表弟常常开玩笑，说总觉得那个半球体建筑的外形很像是坟墓。

2

码头倒是修得很新。靠岸时，船舷随着波浪晃动，总是离岸边有一段距离。女儿在船老大的搀扶下，跳上了岸。女儿显得很期待，东张西望，她对这些岛都太陌生了。站在码头上，或许和海风的吹拂有关，一些旧事物冒了出来，有一种根植于骨髓而恍惚的亲近感，让我有点莫名感动，我仿佛看见儿时我在码头边的海里游泳的场景。

龟岛其实并不大，下船后坐二十多分钟的中巴，就能从码头所在的这头到达岛的另外一头。龟岛总体的形状并不像乌龟，只有龟岛的尾部是个狭长的海岬，从高空上看，很像是乌龟的尾巴，那里形成了左右两个天然的小沙滩。贝壳剧院离码头很近，走五分钟乡道也就到了。

我没想到贝壳剧院比我想象中的要新很多，整个建筑由青石垒砌而成，外貌像一只倒置的水晶螺，古雅得让我感觉惊艳，大概是因为我儿时并没有欣赏这些建筑的能力。我几乎像是第一次看见它，我很庆幸这座剧院和我还有联系。我对闻闻说，哎呀，可惜，其实这个小岛如果有旅游爆点，那贝壳剧院，或者是冰工厂都可能会变成网红景点，在城市里待惯了的人肯定会被这些所吸引的。我的近视也像是在海水的反光中被治愈了，当然我知道这种临时恢复的美好并不靠谱。

贝壳剧院门口加装了一些霓光灯，显得还算新潮。剧院小广场旁立着一幅广告牌，刷的是手写的油漆字：闽南风味自创魔术金牌认证祖传非遗大型舞台表演秀，每周五、六晚七时开演。广告语写得很浮夸而有冲击力，不知是不是辛牧老师的风格，不过海报整体有点旧了，不知道现在的魔术表演是否还正常。

当然，它显然已经不再有昔日的辉煌了。儿时岛上渔业发达，夏天的每个晚上广场上人满为患，大家搬出竹椅乘凉，到处是游荡着鱼腥味的成人和儿童。很多男孩刚刚从海里上岸，坐在远处的礁石上晾干。剧院里也经常爆满，当时的票价很便宜，除了辛牧老师的压轴魔术表演外，还经常有越剧、瓯剧、杂技、舞蹈表演，我记得这里上演过一场这个岛的民俗舞蹈：龟舞。多年后有位龟岛土生土长的民俗研究爱好者王甄对我说，龟舞其实叫"鬼舞"，所有的舞蹈形式都是来源于闽南祭祀，我才恍然大悟那些夸张的肢体语言为什么和乌龟一点都不像。王甄推测应该是先有"鬼舞"，而后这个舞蹈谐音成了"龟舞"，慢慢这个岛也被称为龟岛了。

我一路和女儿说着我童年的往事。我希望她的童年能够多经历一些趣事，但是似乎很难，她们这代人的生活像是被规划好了。我和闻闻说，儿时我和表哥、表弟经常从贝壳剧院的后门偷跑进去，穿过厨房、化妆室，躲在幕布的侧面看剧场舞台上的演出。辛牧老师算起来是我们的远房亲戚，当我在某个炎热的下午独自拜见辛牧老师后，他很高兴且带点游戏的语气问我要不要学魔术，这是让我不可能拒绝的邀请，我欣喜若狂，一口答应下来。那个暑假，我几乎都泡在贝壳剧院里，脑子里装满了自己身穿西装、戴着绅士帽，从空中变出几只白鸽的画面。

闻闻很期待地看着我。我说，你会了解到一些魔术背后的秘密的，那将成为你的骄傲。儿时的我很在意每个魔术背后的机巧，似乎那是通向世界某个密室的捷径，倒不在意要付出多少努力才能挖掘出那条地下通道。那个暑假，我的手里常常捏着两枚五分币，为了练硬币穿梭在指尖的手法，我连做梦时都在把弄着会分身的硬币。

3

带着闻闻，我像儿时那样绕到了剧院的背面。小院里种了很多蔬菜，都郁郁葱葱。后门虚掩着，里面应该有人。女儿站在我身后，紧张等待着，她好奇地向门缝里面看，仿佛里面是童话里的壁橱世界。在象征性地敲了几下门后，我推开门，向里面喊，有没有人在。应该是辛牧老师回应了一声，然后有一个小男孩来应门，问找谁。我说找辛牧老师。他反身跑进去，喊爷爷。

原来辛牧老师都当爷爷了，这个我应该可以想到。一个熟悉的身影走了出来，是辛牧老师，后面跟着那个小男孩。远远看着辛牧老师的样子，感觉没什么变化，头上还是顶着一个发髻，走近才看到他有白头发了，不过整个人还是精气神十足。头上扎个发髻是辛牧老师的日常装束，他还是一名民间道士，属于"正一道"教派。不过我小时候问过辛牧老师，他说留发髻主要是为了显得特别一些。我记得当年不时有人在表演后留下来，不是为了讨要魔术秘诀，而是为了讨几张符纸。

"欢迎欢迎，客人来了，客人来了"，依旧是爽朗的笑声，感觉辛牧老师已预知到我们的来临一般，并不显得意外。我倒是忽然听见了记忆中他更加年轻的声音里，他一贯"雷迪斯 and 觉头们"带洋腔的开场白，很多无形的画面又回来了。辛牧老师一下子就认出了我，表情欣喜，然后看看我身边的女儿，说，我就觉得今天有喜气，果然有故人来了，你女儿和你长得好像。

辛牧老师示意小男孩去里间，小男孩跑出来带回了一顶小绅士帽，辛牧老师把它戴到我女儿的头上，说是送她的见面礼。可以看见女儿马上提起了精气神，像一只充气后的氢气球，要挣脱细线。想当年，辛牧老师来到我们的小学公益演出时，就戴着这样一顶绅士帽。那天，我们班数学老师正在给我们讲奥数题，鸡兔同笼的数学题让我乐在其中，那时候感觉什么奥秘都难不倒我。罗副校长进来宣布说下节的班会课临时改为全校观看魔术表演的时候，整个班级沸腾了。

闻闻在东张西望，我看出她对身边的道具都感到新奇。回到贝壳剧院，某种在我身上潜伏乃至于埋葬掉的能力好像正在恢复，我仿佛一下子又对这个表面平凡的世界产生了好奇。或许是和这里的磁场有关，我感到很奇怪，自从上岛开始，有很多陈旧的记忆都主动跳了出来。我甚至记起了那个暑假我自创到一半的一个剪纸魔术，让一个纸糊的小人能够站立在桌子的缝隙上跳舞，当然那只是一个很低级的小把戏，但是毕竟是我此生少有的魔术创意之一。

辛牧老师说听说我现在成为作家了，他还看过我出书的一些报道。我说不敢不敢，魔术没有学会，辜负了老师，只能在文字的虚幻世界里追求一些有限的变化了。辛牧老师带着我和女儿参观一下贝壳剧院，基本和我记忆中的场景一样，没有太多变化。随着在贝壳剧院被磁化的时间越来越长，我忽然意识到我真正要来拜访辛牧老师的原因，并不是要带我女儿来学几个简单的魔术，而是解答我心目中一个一直未得到解答的疑惑。原来我最期待的是，能再看一次辛牧老师的悬浮表演。

4

在返程的船上，闻闻一直戴着辛牧老师赠送的绅士帽。我们还是靠在船舷上观海，女儿缠着我给她讲我当时学魔术的故事。女儿被我描述的下蛋母鸡的情景给逗乐了。我和女儿说起第一次在学校里见到辛牧老师魔术表演时，也戴着她头上这样的标志性的绅士帽。

学校操场的小舞台上搭了一个简易背景，写着"魔术表演"几个字，学校喇叭里播放着欢乐的背景音乐。我们搬着木凳从教室里鱼贯而出，很快按照队列坐好。我早早就注意到西装革履戴着绅士帽的魔术师，满脸微笑地站在那个简易的舞台侧面。副校长做了一个很简单的开场白。或许是和接下来即将到来的六一儿童节有关吧，所以请来了魔术师。接着，魔术师上场，我一直记得他那半土不洋的英语"雷迪斯 and 觉头们"。

那场表演我之所以记忆深刻，倒和他最让我着迷的悬浮表演没有关系，主要是因为我被邀请上台配合一个近景魔术：无处不在的小球。那个小魔术其实很简单，就是海绵球的简单手法。上场时，辛牧老师请我戴上一顶小丑帽，在我鼻子上粘上了一个红鼻子，引发了观众席上同学们的欢笑。最高潮的部分是，他表面上把一颗海绵球塞进了我的嘴里，小球从他的手上消失了，最后从我的屁股下方将小球取了出来，仿佛我是一只会下蛋的母鸡。这再次赢得了全场的欢笑。下场后，我们班同学纷纷问我有没有什么奇妙的感觉，我是不是真的将小球给吞到肚子里了。我很蒙，其实我都没有反应过来发生了什么，那种感觉像是见到母鸡下蛋一样不真实。不过我还是装模作样地说，那个小球的确是被我吞进了肚子里，但是因为魔术的关系，又被一双魔术手取了出来，同学们惊讶万分。

当我和女儿说起辛牧老师当天的表演，包括空中悬浮后，我才意识到悬浮表演才是我隐隐想破解的一大心结，而不是那颗海绵球。当天辛牧老师表演的空中悬浮画面，我早就记不清了，但是那一次所留下的模糊画面和以后我多次所见包括脑中所见、梦中所见，甚至还有我画下的辛牧老师悬浮的画面，共同融合成了一个在我脑子中挥之不去的叠合图像：一位穿黑色西装的魔术师，双盘而坐，闭目养神，在短暂的静默之后，开始一两分钟的唱诵，然后他的身体缓缓离开地面，飘浮在空中，有时候会一直飘到天花板或者几个人的高度。

那个叠合的图像异常清晰。我曾多次想去弄清楚其背后的奥秘，但是都不得其解。等我高中学到磁悬浮列车的原理时，我一度以为已经得到了答案，我在猜想最大可能是舞台底部安装了相应的电力设备，而他身上穿了隐藏的磁铁背心。但是问题又来了，因为我见过他在更简陋的场地上进行的表演，在那些场合他肯定没有办法预埋电力设备。或许，更简单的就是他吊了威亚，有一条隐形的钢丝线提前布置在那里，他只是巧妙地将钢丝线扣到了他的身上。但有好多次，他就在露天进行表演，要安装隐形的钢丝难度很大。依据辛牧老师的条件，他不太可能进行代价过高的表演，我所见过的辛牧老师的表演道具设备是非常简陋的。那些疑问和反疑问，还有关于答案的每一种可能性的推测，经常在我的脑袋里徘徊，我依旧无法揭开那个谜底。

我无法和女儿说明，这个和生活无关的疑问为什么会深度困扰我。甚至，它慢慢占据了我潜意识里的一部分空间，像是特意要为自己清理出来的一个隐形区域。我记得有一次在与大学友好寝室的联欢沙龙上，那个疑问忽然来临，让陷入臆想的我顷刻间沉默下来，显得若有所思、心不在焉、忧虑重重，错过了让友好寝室几位漂亮小学妹留下深刻印象的机会。还有一次，我在参加摆渡外贸有限公司的面试时，这个疑问忽然跳了出来，让满脸阳光的我突然做沉思状，在难得的面试机会上表现冷漠，好像我仅仅是一个旁观者而已。还有一次在某个学校邀请我做师德辅导教育时，那个疑问又跳了出来，我突然表现得像在舞台上吓呆了的琴童一般，跑调，木讷，语无伦次，感到无比沮丧。

我无法向我女儿说明类似的困境。其实，我更希望她能没心没肺，永远不必体验到如此的困扰。可以看出，她和我小时候一样高兴、振奋，她被辛牧老师表演的小魔术给吸引住了。我知道她在迫切地期待她拥有操控魔术的能力。后面几天，我总是能看到女儿投入在两个小魔术表演的训练之中，总是要演示给我看，越来越有模有样了。

5

我没有唐突地询问辛牧老师关于悬浮术的谜底。那次带女儿一起去探访，更像是我的怀旧之旅。不过好在我终于清晰地意识到我内心深处藏着一个需要破解的疑问，我决定再次回到贝壳剧院。在一个雨天，我带了一瓶窖藏了十年的苦海酒，提了一些牛百叶、鱼肠等冷菜，坐渡船再次前往龟岛，专门找辛牧老师喝次酒。那几周皆无大事发生，一切如意，但是在那看似如意中，有时候我忽然倍感凄冷。那种凄冷的感受很难说明白，让我心烦意乱，我心中的疑惑就又跑出来了，慢慢化身成了一位穿黑色西装的魔术师在我脑中悬浮着。我知道我必须找到一个出口，或许就是一个答案。

我再次敲着贝壳剧院的后门，小男孩开了门，这次我给他准备了一个小礼物：一只三阶魔方。我并没有提前电话告知辛牧老师。见到我时，辛牧老师很高兴，还是一样地热情，喊着我等一下留下来吃晚饭，我举着手中的凉菜说，我正有此意。

那天的晚餐安排在后院里，辛牧老师搬出了一张折叠桌，我、辛牧老师还有小男孩一起坐在院子里就餐，桌上摆满了菜。小时候的夏天，我们在村子里也都是这样吃饭。辛牧老师点燃了一堆干艾草，用于熏蚊子。港口的晚风微微吹拂着，并不感到炎热。小男孩一会儿就吃饱了，跑出去玩了。借着酒劲，我终于向辛牧老师询问一直困扰着我的问题。我知道行规，其实有些魔术的秘密是不好探问的，除非老师要主动传授。但是我必须问，不然它一直就会是我内心里的一块堵门石。

当我终于开口询问时，结果却出乎我的意料。辛牧老师说，他当然会兑现当年的承诺，就算当时只是说说而已。我有点蒙。辛牧老师说起当年我在当学徒的那个暑假，就问他要过这个魔术背后的秘密，他告诉过我其实没有秘密，或许等我长大了才会真正清楚吧。辛牧老师还带着我在一次表演前去舞台上检查，那时候的我就已经发现现场没有任何的钢丝线或者是磁铁等设备。

我居然对我当时的提问没有印象了，也忘了辛牧老师还曾陪我检查过表演现场是否有机关，但是我知道那些影子留在了我的心里。那些我记忆不起的往事，其实并不会完全消失，它们只是更深地隐藏着，慢慢成了我行动的基石。在那基石的暗示下，我仿佛只是不经意地回到了这里而已。

辛牧老师说，原来我还抱有兴趣，这很难得，其实现在很少有年轻人对这些老把戏痴迷了。他示意我要去燃香，给案台上的天帝公。以往，我们岛上闽南风俗地区的海岛传统信俗的风气很盛，本地的一些传统职业会供奉"祖师爷"，现在倒是很少见了，天帝公是辛牧老师一直在供奉的"祖师爷"。虽然带着酒劲，我还是按照老师的吩咐，从柜子里取出三支香，将之点燃后插在了天帝公前的小香炉里。

辛牧老师在我燃香后，闭上了双眼，像是在冥想。我知道他在做准备，我静静地等待着，偶尔看他的发髻。也就在一瞬间，我看到他突然从座位上腾空而起。我被眼前平静的一幕给震惊到了，就算我的脑中无数次出现过这个场景。辛牧老师的身体开始离开木椅，飘浮在空中，像是无法控制自己的重量一样。我无法解释这种现象，我只知道他根本就没有借助任何的道具。是在我们随意对饮的情况下，他盘着腿飘浮到了空中，一度都要撞到后院的路灯了。

我看见他微微睁开了眼睛，身体开始变得沉重，像是在控制自己的飘浮了。辛牧老师重新降落到自己的椅子上，在这个过程中他都没说话。等表演结束，他像是完全回到了自己的身体里，端起酒杯和我碰杯，说，对，你看到了，答案很简单，这个是真的。我无法表达我此刻的内心感受，我感觉惊讶，但是在惊讶之余，我意识到其实我早就可以察觉到这个魔术背后的奥秘的，因为它和一般魔术完全不同。我无法表达那一刻我的心情，幸好我带了苦海酒。我以很俗气的方式来表示我如暗流般翻腾的内心，我站起身来，说感谢辛牧老师告诉我答案，我自己先喝三杯为敬。辛牧老师很开心，他将自己杯中的酒也一饮而尽。

我借机问辛牧老师这个需要怎么练习，他和我说了一套口诀，"人法地，地法天，天法道，道法自然"一类的。他说这套口诀传自他的师父天真道长。辛牧老师说，悬浮术是人的自然机能得到了激发，只要足够沉静，自身的浮力就能显现，某一天忽然就会了。按他的潜台词，这个东西其实没有办法教授，只能靠自身领悟了。

那个晚上，我就住在了贝壳剧院里。辛牧老师说，贝壳剧院的楼上现在改装成了民宿了，条件还是蛮舒适的，他在今年春天就已经办了民宿营业证。我可以在二楼挑个房间住一晚，二楼有四个大房间，三楼还有个小阁楼。乡镇的文旅干部来这里动员要办民宿，他儿子很上心，说装修起来，家里人回来可以住，旅游旺季时还可以当民宿，一举两得。住在他这里很方便的。

辛牧老师说得很时尚了，反而是我有点伤感。我总觉得这座古朴的石头建筑，正在沉睡中老去。而辛牧老师身上神奇的绝活，居然无法引起轰动，甚至无人观赏。我们又各自斟满了酒杯，这次是敬辛牧老师的师父天真道长的，辛牧老师和我讲了很多关于他的故事，道长是一位在"文革"中还俗的道家师父，有几年，天真道长其实是被关在这座贝壳剧院里的。辛牧老师从他那里获得了悬浮术的秘密时，还以为他就是一个江湖术士。

那晚，我满身酒气地睡在贝壳剧院二楼。我倒头就睡了，一夜无梦，周边异常宁静，没有听见任何的声音。

6

醒来后，天蒙蒙亮，我才辨认出远处的潮水在拍打着堤岸。我就坐早班船返程了。我知道贝壳剧院当初的辉煌不可复制，不过我还是觉得既然身为辛牧老师的弟子，和这个世界上少数能觉知神奇悬浮术的知情人之一，很有必要将这种绝学让更多人见识见识，至少要为此努力一下。

我策划了一次沙龙。当然，沙龙更多只是体现我的一份心意。分散中年人精力的东西太多，让人很难持续去做一件即使是富有意义的事情。那个时间点，我刚好要负责安排一次同学会。我的大学同窗，共有七八个家庭每年都会小聚一下。这一次同学会轮到我牵头，我本来计划要去密林地带住个一两天，让各位同学家的小朋友们能够骑白鹿，在蓝湖上划小船，不过我忽然想到了贝壳剧院，就说我们这次安排到一座孤岛上小聚，这座小岛的落日很美，还可以看魔术表演。

我的做法肯定不够纯粹。我心里有自己的小算盘，一则几个家庭可以住在贝壳剧院，照顾一下辛牧老师的生意，二则我们同学里有几个搞文化产业的，或许可以将辛牧老师的悬浮术传播一下，万一火了呢？我一发动，晒了几张落日的照片，这些家庭就开始骚动起来了。

在一个小长假，来自各地的同学带着家小就自驾到了我们本岛，再坐渡船到龟岛。因为是同学会，又带着小孩，大家都很随意，整个过程有点闹哄哄的。有几位小朋友从来没有上过岛，更多人没有坐过船，我在码头接到他们时，看得出大家脸上满溢着对大海未知的憧憬。那天有五级风浪，船身摇晃，有两位小朋友当场吐了，好几位大人面色惨白。而且那天天气炎热，经历过开车、晕船、上岸、步行后，大家拖着行李箱抵达贝壳剧院时，都是一身臭汗。

好不容易让一半人先在贝壳剧院安顿下来，我又带着另一半人到附近的渔家民宿住下，又闹哄哄通知大家集中到旁边的渔家乐吃午饭。等吃过午饭，重新安顿好，各自回到房间午觉，我就已经意识到我预排的重头戏只能是配角了。等午觉后，各个家庭重新在贝壳剧院的一楼剧场集结完毕，已经是下午四点半左右了，幸好夏天白日漫长。剧院里的空调制冷效果不好，家长们又匆忙想办法找扇子，或者是挂脖电扇，现场的氛围一直凌乱。

我的致辞基本上可以忽略，其中表达的对辛牧老师的崇敬和对悬浮术表演的推崇都被现场的嘈杂掩盖了。不过，幸好当辛牧老师开始魔术表演，剧场里的孩子们立即安静了下来，有几个小朋友的眼睛都瞪圆了。

因为小朋友们尚小，现场闹闹腾腾，也就少了一种只有在安静的氛围下才能产生的神圣感。那天的现场效果尚可，辛牧老师穿着他一贯穿着的西装，头戴绅士帽。一开始表演的都是一些技巧魔术，比如复原被撕坏的报纸，比如飞鸽消失，每次表演大家都报以热烈的掌声。我最期待的当然还是悬浮术表演，不过悬浮术虽然神奇，开场时却很单调，表演前辛牧老师需要盘腿坐上两三分钟，然后悬空而起。为了产生点艺术效果，他在身上绑了几个彩色气球，有小朋友吵着要气球。悬浮表演同样得到了掌声，不过并不热烈。

现场总体闹哄哄，只有我的女儿很镇静，我看她的神态很有我当年的风格，像一位老门徒。她也上台了，很自信地表演了一段辛牧老师教授的硬币消失魔术，手法有点稚嫩，但是赢得了掌声。我甚至已经能够预测到她秋季在班级晚会上露绝招时让众人惊讶的场景了。我注意到她在观看悬浮表演时，透露出她这个年纪少有的安定感，像是在沉思。我并没有告诉她关于悬浮表演的秘密，或者提示她这个表演的特殊，但是她好像注意到了什么。

不过呢，让我感到宽心的是，我看得出辛牧老师很高兴，或许这种场面他经历很多了，也不太在意吵闹。整场表演过程中，辛牧老师都很放松，他悬浮的姿势非常优雅，还做了个跷脚仰卧的动作。有时他盘腿坐着，有时候他在空中行走，甚至在空中翻跟斗，或者是把天空当成泳池，在空中自由泳，这些动作只有在他很轻松的情况下才会完成。我的同学陈振光在表演结束后，主动上台和辛牧老师要合影，并且拥抱了辛牧老师，表达了他的崇拜之情，看得出他很给我面子。我尽力了。

7

返航前的那个早上，我出门为大家购买早餐时，遇到了在贝壳剧院前海边散步的陈振光。他和参加同学会的所有同学都不同，只有他依旧保持着单身，其他同学都早早结婚生子携家带口了。我问他睡得怎么样。他说他睡得很安稳，在睡梦中，他整晚都能听见远处的潮水之声，还有一只海螺被吹响的呜呜声。陈振光知道我是去准备早餐，就陪我一路去小镇上买包子、馒头，我们一起穿行过周边的石头屋，它们很多都已经空置或倒塌了。

他开始问我关于贝壳剧院的往事。我说贝壳剧院以前是一座地方庙观，是民国期间本地叶家请浙南一带最有名气的建设设计师所设计，后来被破过"四旧"，当过"牛棚"，辛牧老师的师父天真道长就曾被关在这里，改革开放后被辛牧老师承包了下来，改成了剧院，那时候辛牧老师还很年轻，非常具有眼光和魄力。我还和陈振光骄傲地说起儿时我就在这里学艺。当然，一切都成为云烟了。

我们两人提着一大包早餐往回走时，陈振光说，他想要多在岛上住一天。他说他很喜欢这座正在荒寂的岛,喜欢贝壳剧院。他向我询问,悬浮术的奥秘在哪里?为什么我们如此笨拙的身体居然能够稳定地悬浮着?我很惊讶,所有的同学里好像只有他注意到了。我不好明说,只是说可以直接去请教一下辛牧老师。我脑子里闪过早上我醒来在床上刷朋友圈时,看到陈振光所发的内容,发朋友圈的时间大概在早上五点钟,他表达了一种来到孤岛的回归感,他说昨天晚上他在睡梦中,自己的身体好像悬空了,身上的被子从空中滑落到了地上。他醒来后发现整条被子都掉在了地板上。

我陪陈振光多住了一晚,毕竟来一趟我们小岛不容易,我需要尽地主之谊。在送别诸位同学之后,这座岛一下子又恢复了萧条,我把我女儿托给一位本地同学,让她跟着大部队返程。那个下午,辛牧老师和我一起带着陈振光,单独到小岛的另一侧走走,看到了两段宽阔的沙滩,我捡了一块黄色的贝壳。晚上,我们三人还是坐在贝壳剧院后面的小院里,就着星光和海风喝酒。陈振光到小镇上的小餐馆炒了一些本地菜带回。这次没有喝苦海酒,我怕陈振光会悲伤,只是买了点本地的番薯家烧。辛牧老师说起天真道长以前有个酒葫芦,里面装满一壶本地的番薯家烧,辛牧老师只喝过一次从葫芦里倒出来的烧酒,带有一股清香味。

三人很快都有了醉意,陈振光变成了话痨,他说了很多,包括他对生活的无所适从和深度的迷惘。他说他单身的好处就是自由,每一年他都要去远方走一圈,三年前他在登珠穆朗玛峰大本营时,因为缺氧,肺受伤了。我有点羡慕他说故事时心在远方的状态。他的语调一如既往地飘远。他说起他的内心一直在寻找这样的一座小岛，其实昨天晚上他失眠了，他总是听见有一只海螺在吹响，伴随着潮水声发出呜呜呜的声响。辛牧老师说那是天真老师所吹的法螺，天真老师曾经将祖传的一只古董法螺埋在了这座岛上的一个沙滩里面，和他说过只要是有缘人就能够听见法螺声。

那晚的辛牧老师肯定无比轻松，他喝着酒的过程中，将双腿一盘，身体就稍稍悬浮了起来。他这次没有闭眼，可能有些醉意，飘浮的状态稍微有点不稳定。陈振光发现之后，简直是用信徒般的眼神在看着辛牧老师。辛牧老师对他说，你没看错，这个是真的，任其自然的。辛牧老师继续喝酒，我只能站起来给他加酒。陈振光喝了很多，他满脸通红，印象中他从来没有喝过这么多酒。过一会儿，他直接趴在桌子上，醉倒了。

让我深深嫉妒的是，醉中的陈振光也悬浮了起来，带着一种很轻松的微笑。他暂时还保持着趴在桌子上的动作，实则已经离开了他的座位，和地面拉开了一小段距离悬浮着。我疑惑不解，又充满了妒忌，我多么希望我是陈振光，那样的待遇能够落在我的身上。辛牧老师继续腾空着，腾空的高度已经超过了贝壳剧院的顶楼，他落到了天台上，示意我上去陪他站一会儿，吹吹海风。

站在贝壳剧院的天台上，我记起了我儿时的某个夏夜场景。贝壳剧院算这座岛上地理位置比较高的建筑，那个晚上，我和表哥偷跑到剧院的三楼天台上玩，站在高处俯瞰渔港，那时候的渔港灯火闪耀，即使是凌晨也会有渔船到旁边的加冰厂加冰。现在总体上冷冷清清，眼前是漆黑一片而偶有渔灯的大海，过了很久才有一艘渔船从远处经过。不过满天的星斗看起来特别明晰，远处本岛上的光污染照亮了天边低垂的角落，看着很安静。

借着酒气，我说起了我在内心策划着的重振贝壳剧院当年辉煌的计划，虽然我知道真正要实施困难重重。辛牧老师听得饶有兴趣，说年轻真好，以后可以的话，还是要请我多帮他宣传宣传楼上的民宿，这样我有空也可以多来坐坐。

趴在阳台上，我看着楼下后院里依旧还在睡梦中独自悬浮的陈振光，这一会儿，他飘浮得更高了一点点，换了一个躺睡的姿态。辛牧老师说，让他趁着醉意多飘浮一会儿，不要吵他，这可能是他最放松的一个状态。不过，等一下请我叫醒他回房间休息，不然怕着凉了。

那个晚上，轮到我失眠了，四周依旧空寂，我依旧期望有神奇的事情能在我的身上发生。似睡似醒间，刚才发生的一切显得缥缈而不真实，我不确定他们是怎么做到的，或许那些只是我酒后的幻象，或许我根本没有破解辛牧老师悬浮魔术的真正秘密。一切都像是被笼罩在夜晚的海雾里。我只能在寂静里继续聆听，希望能够像陈振光那样，听到远方的波涛声所伴的那只被埋在沙里的法螺所吹奏的声响。

微型台风

　　我将大门全部打开，做好了离别的准备，任由"小辛巴"吸收着四周鱼贯而入的雾气，等待它找到洞开的大门。最终它还是长成了一头小兽，有些破坏力了，但是我总是能看见它幼时在我掌心跳舞时可爱的模样。我没有让女儿闻闻一起来，主要是怕她伤心，会舍不得。我知道小辛巴从旧厂房大门出去后，就不会再回来了，它不像一群放飞的鸽子，可能会在某一刻重新停在家的房顶上。

　　我最终也释然了，这是必然的结局，大概也是因为实在没有别的好办法，自然之子是不能被圈养的。或许圈养是对神明的亵渎，但是在我们这片群岛上，仿佛从来不存在这样的伦理困境。儿时，每次台风过境后，岛城上总是有这样的传闻，哪个野孩子又捡到风筛筛了。"风筛筛"是闽南话，它指的是一种很微型的台风胚胎，是风暴的遗腹子。我们岛城懂行的孩子，会在台风过境后，到海边四处找寻它们。最小的风筛筛可以直接倒在掌心上，那感觉痒痒的。或者把它倒在桌子上，用两掌围出一个屏障，从上方看，它像一只旋转的风陀螺。如果掉在地上，粗心的孩子一不小心踩到它，它可能立马就消亡了。

　　儿时无疑是物质贫瘠的年代，但那时候的岛城，是我们真正的乐园。我小时候很希望能拥有一只风筛筛，那是足以炫耀的小玩意。我常在心中发愿，如果能有幸捡到，我一定全心护养它，我丝毫没想到护养之艰难。有几次，我冒着台风过境后不可预知的风险，跟在大孩子屁股后面，一起跑到海边低头寻找，海岸沿线常有大浪掀起，引起我们的一阵惊呼。听说很多风筛筛可能会留在海边的某块带水的礁石上，可能被渔船未上盖的内舱困住，或者是正在某间靠海的窗门破损的房子里玩耍，也有喜欢在海面上戏水的，而小时候的我一直没有那样的幸运。

我还记得余东耿神气的表情，他是我们村最大胆的孩子。他从书包里拿出了一个玻璃罐头瓶时，小伙伴们的眼睛立马放光了。罐头瓶口用牛皮纸蒙着，并用橡皮筋扎紧，有几个小洞的牛皮纸在不停地鼓动。那时候的我们虽然见多识广，但是也没有机会看上帝视角下的气流图，一下子就被瓶子里正在缓慢旋转的淡白色云团给吸引了，大家都看出罐头瓶里关押着一股很微型的云系。余东耿说这个就是风筛筛，从小立志当科学家的我羡慕得不行。余东耿说他刚刚才往玻璃瓶里倒进去一调羹开水，没过一会儿被风筛筛给喝掉了。

这个风筛筛是余东耿舅舅捡到的。他舅舅在台风夜守了一个晚上的船后，躺在驾驶舱里睡了一个安稳觉才下船，风筛筛就在他靠岸码头旁的沙滩上，个子很小，旋转着，将一些沙粒、稻草叶卷起，在沙滩上钻出一些小坑，留下的轨迹像是一只螃蟹爬过的。他很小心地用双手捂住它，放进自己的帽子里。又跑回船上，找出一只水桶，将帽子里的风筛筛倒进水桶里，特意带给余东耿当礼物。因喂过一些海水，所以风筛筛闻上去还是咸咸的。

余东耿让我们轮流将手放在牛皮纸上，能感受到有微风从瓶子里吹出来，手心凉凉的。小伙伴们想让余东耿把风筛筛倒出来玩一下，他死活不肯。在我们的央求下，他才把牛皮纸给解开了，我们挤成一团观看，不断发出"哇哇哇"的声浪。没两天，就听说余东耿的风筛筛被闷死了，重复着被我们捕获的蜻蜓的命运。小时候我们将捉到的蜻蜓放进玻璃罐里，看着它们在透明的容器里扑腾，过一晚上就死了，躯体发硬，却依旧挺直着透明的翅膀。后来的我才知道，风筛筛多半不是闷死的，而是没有按时喂水，过于干燥，给渴死了。

铝合金玻璃窗偶尔会猛烈震动一下，像是有谁摇着窗户想进来，窗外的风呜呜作响，偶尔才停息一会儿，你能听见风流过两排高楼间风道的声响。我可以看出闻闻有点害怕，岛城很多年都没有遭台风正面袭击过了，岛城上的人都说和云岛寺的建立有关系。我安慰她说在她一岁的时候就经历过一次超级台风了，那个时候她安稳地睡在妈妈的怀里。她又缠着我给她讲我儿时的故事，还有她的曾祖也就是我爷爷余乃佑的传奇故事。在我的描绘里，小时候我们的胆子都无比肥大，而且根本没有安全意识，**越是大台风越兴奋，最期待的是去捡风筛筛，风筛筛的模样可爱极**了，当年我们本地的孩子王余东耿就给我们看过一个，装在他大伯从上海给他买来的崭新的军书包里。

女儿听得两眼发亮，越听越起劲，问了好多问题，问我能不能帮她捡个风筛筛回来。我不敢答应，只是借机引导她说我们要多去户外运动，不能老是宅在家里，就算画画也是要寻求灵感的。特别是想要找到风筛筛的话，更要多出去运动，风筛筛不会自己跑到我们家来。她说好的。我说要捡风筛筛，最好的时间是台风过境后的第二天，但是海边还是很危险，特别要防止风浪，这几年，很少有家长会同意孩子在台风走远前外出，所以基本没有听到风筛筛的消息了。我们期望"玛拉达"能够是个好台风，只是带来一些强风和降雨。我又和闻闻说起我们儿时缺水的情况，赶上旱季好几天才来一次水，而今年我们岛城也特别的干旱。

"玛拉达"很快过境了，它的外围风圈比较大，第二天半晴半雨。天空中偶尔还是会有一股劲风吹来，将大树摇动得发抖。我估计今天晚上可能会有艳丽的晚霞，那也是和风筛筛一般的大自然的杰作，岛城的摄影师们肯定都已经蠢蠢欲动了。女儿显得很高兴，问我什么时候去找风筛筛。

我骑着我的蓝色小电驴沿着环岛公路绕了一圈，海边风浪的劲头还是比较大的。我找了几个沙滩，戴着头盔瞎转悠一圈，心里提防着空中是否会有飞物。海面上的浊浪在追逐和奔腾着，有几股浪不急不缓拍打在岛礁上，还是能够掀起几米高的浪柱。那些躲过风暴的海鸟又出来了，迎着邪风在飞。灰白色的海鸥展开双翅飞得很低，在风浪上方嬉戏，重新开始捕食了。其实可以找一个相对安全的高处，安静地观浪，在自然面前，你会感受到自己非常渺小。我拍了几张照片，但是很难拍出浊浪的感觉。我没有找到风筛筛的任何踪迹，我在朋友圈晒了晒我巡海的照片，并描述了对于找不到风筛筛的小失落。

我看着透明玻璃罩里的风筛筛时，还以为是在欣赏哪个现代派艺术装置作品。玻璃罩里形成了一个极度微小的风系，乳白色的云层沿着玻璃罩顺时针旋转着，速度并不快。这是我儿时的梦中之物，我发觉当时根本就没有机会观察风筛筛的形态，那时候的匆忙一瞥可能光觉得好玩了。

在"玛拉达"登陆后的第三天中午，我接到了堂哥余东守给我打的电话，说他捡到了一个风筛筛，要送给我。他说儿子涛涛已经长大了，他们养了几天，嫌麻烦，我要的话，随时可以去拿。他是在海边礁岩的一个石洞里找到的。我第一时间就骑着我的小电驴赶到了他家。我看到风筛筛所住的是个非常精致的玻璃罩，底座是一块软木塞，软木塞上钻了几个孔洞。我把手指放在孔洞外，能感觉到有风吹出来。抓着玻璃罩时，玻璃罩在微微振动。

我将风筛筛直接带回了家，连工作室都没回。闻闻看见玻璃罩时，一时还没有看懂里面装的是什么。等反应过来时，她简直高兴坏了，问我是不是风筛筛。她赶紧将手指头伸到孔洞处感受里面吹出来的微风，说感觉凉凉的，闻闻咯咯笑着说以后可以将它当作电风扇啦。我将玻璃罩的软木塞拿掉，将风筛筛倒在自己的手心上。老婆也围拢了过来，全家伸着头看，感受着微弱的风吹拂过我们的发梢。我问闻闻要不要捧着它，她说怕痒，但是过了一会儿，还是很小心地用手心接过了风筛筛，又赶紧将它倒还给我。闻闻为风筛筛取名"小辛巴"，闻闻很有先见之明，那时我们都没有预料到小辛巴长大后的凶猛，没有人能够将它可爱的模样和后来摇撼海洋的画面联系起来。

那个暑假小辛巴给我们家带来了无数快乐的时光。我的外甥小土豆经常来我家玩，家里多一个孩子就热闹很多，甚至有些忙乱了。我妈也经常来，帮忙打扫或者煮饭。小辛巴成了闻闻和小土豆最喜爱的小伙伴，他们俩一会儿将小辛巴当吹风机，一会儿又要将小辛巴放出来，或者将小辛巴抛向空中。小辛巴有时会直接停留在空中，发梢扬起的闻闻和小土豆就站在它的下方等它落下来。有时候他们去花园里摘四叶草的草叶，弄碎了丢给小辛巴，看着草叶跟着小辛巴跳舞。小土豆玩心比较重，有一次故意用手去抓小辛巴，被徒增的风力给甩开了。小辛巴差点哭了，有两滴水滴从它身上落下来，落在了我们的木地板上。

　　怎么喂养小辛巴是个难题，这方面没有任何经验可循。那段时间气温比较高，闻闻定期给小辛巴补充水分，经常是倒点热水在瓶底，一会儿就被小辛巴给喝光了。女儿变得非常主动，她自行去百度了一些台风胚胎的知识，这点让我非常欣喜。她还让我去请教我们小区的气象专家胡鲸君老师。胡鲸君在气象局工作，在社区里做过一场气象知识讲座，我妈知道听讲座送雨伞，就带着闻闻去坐了半小时。我在社区小广场陪女儿练自行车时，碰到了胡鲸君，向他询问关于台风胚胎的一些知识。夜色里，感觉胡鲸君带着酒气，语无伦次地说了一些负高压什么的气象名词，聊了光照、温度、水汽、空间等要素，我听得稀里糊涂，倒是感觉闻闻能够听懂一些。

　　我将小辛巴当作小宠物看待，知道需要给它喂食、陪它游戏。小辛巴长大点了，我和女儿一起给小辛巴置换了一座小房子，是一只有机玻璃鱼缸，顶部是漏孔的盖子。我们试着在底部多留一些水，就不用经常加水了。因为有观察自然的暑假作业，女儿把小辛巴的成长当作了自己的观察对象，按时记好观察日记，我还看到她画了风筛筛的画。这是她首次自主完成系统观察，和一年级时的养蚕作业不同。养蚕基本是我代为完成的，女儿只是偶尔来掀一下桑叶，看一眼白胖的虫子，过几天又过来一下，看白胖的蚕变成茧了。

有时候我真搞不清为何人生需要如此忙碌，而往往又都是在空转。开学后，女儿升了一个年级，感觉她的学习量忽然增加了，老婆急着给她补习奥数，不用说她几乎没有时间照顾小辛巴，陪它一起玩耍了，连她最喜欢的画画时间也很少了，有时候作业要写到深夜。"分身石工作室"的业务也多了起来，我经常要加班，要抽时间照顾家庭，还要搞点写作，觉得分身乏术了。照顾小辛巴自然又成了我的职责。初秋气温依旧很高，小辛巴也不太需要特别的照顾，我只要记得往鱼缸里加水就可以了。

有段时间，我出差了几天，几乎将小辛巴遗忘了。回家后，我将行李丢在客厅，路过置物架才重新看见了小辛巴。它安然无恙，只是变得沉寂而已，像一阵安静旋转的雾气。我问闻闻才知道，原来她在周末抽空给它喂过一次开水。

我根本没有预料到，寒潮的来临对小辛巴而言会是一大难关，也没有过多解读闻闻做过的一场梦。睡眼蒙眬中，我像是听见了女儿的哭声，正在准备早餐的老婆跑到闻闻的房间，抱了抱她，问闻闻怎么了。女儿说自己做了一个噩梦，梦见小辛巴死了，化作了一阵小小雨。我们赶紧安慰她，说那只不过是个梦，小辛巴好好的呢。生活的节奏不会因为一场噩梦就停顿下来，我和妻子、闻闻一起端起装着小辛巴的鱼缸看了一会儿，就又回到各自的轨道中了。

其实我早就注意手机新闻里的降温提示了，但是我依旧没有提前翻出秋衣。妻子比较耐冻，更是后知后觉。直到晨起全身哆嗦时，我才匆忙翻找置物袋里的秋季外套。在妻子匆匆忙忙赶着给闻闻找秋季校服，我匆匆忙忙赶着送她上学时，我忽然察觉到鱼缸里的小辛巴有了异样，但不敢声张，怕女儿担心。送完闻闻回到家，我发现小辛巴在抖动，颜色呈灰色，这是我从来没见过的情景。我赶紧往鱼缸内加了一些热水，待热气充满鱼缸内部，小辛巴才算有了一些起色，我意识到这应该和降温有关。

我间歇地给小辛巴加开水，但这也不是办法。热水很容易转凉。吃过晚饭，我赶紧给胡鲸君打电话，问他有没有在家。我端着鱼缸就找胡鲸君去了。那是我第一次走进胡鲸君家，他家冷冷清清，餐桌上有一些外卖盒，客厅显得非常简陋，感觉不到太多人气。我把鱼缸放在餐桌上之前，胡鲸君就已经瞪着双眼看着小辛巴了。我没有想到胡鲸君突然流泪了，他的表现让我不知所措。中年男人的眼泪总是无声的。为了避免尴尬，我说借一下洗手间，当作自己什么也没有看见。

后来我才理解为什么胡鲸君会失控。我发现我根本就不了解胡鲸君，虽然我们是同一个小区的住户，却相互隐匿在这片钢筋水泥建筑里，印象里他就是一位平淡无奇的老男人，四十多岁了，头秃了，性格有点生硬。后来，胡鲸君对我说，这是他有生以来第一次见到自然的奇迹，他使用了"奇迹"这个夸张的名词。他说自己从不妄信世界上有什么神秘存在，那些所谓的神奇事件不过是卑微人类的自我幻想罢了。胡鲸君说他看到鱼缸里的小辛巴时，他原来不可靠的世界观坍塌了，他忽然意识到自己是如此渺小和可悲，才回想起自己为什么会选择落户到这个群岛之上，他可能隐约希望这片重巫之地能够唤醒他的想象。

每每因喂养小辛巴心生烦躁时，我自然会回想起胡鲸君默默流泪的表情。往往需要有他人的提醒，你才能真正懂得什么叫"珍贵"。大概也是这个原因，我和胡鲸君成了好朋友。我经常会带一瓶酒和几个冷菜，到胡鲸君的家里坐坐，听他伤感地诉说内心疲惫的故事。他说自己有点神经衰弱，当他发现他老婆和别人暧昧时，他对老婆施以了家暴，导致他们离婚了，孩子归他老婆，他慢慢习惯了孤寂。他经常以自身为例提醒我是多么幸运，有"分身石工作室"，有贤惠的老婆，有可爱的女儿，所有的忙碌都不是事，反而像他那样空闲，人是会疯掉的。当我说起老婆在准备怀二胎，我自己随着工作室业务增加昏天黑地地加班，生活的每个空间都被装得满满当当时，感觉自己是多么虚伪。

按照胡鲸君的建议，我需要制造出一个"微型台风保育系统"，后来我们也如此称呼小辛巴的新房子。胡鲸君要我考虑四个要素：一个是恒温，温度相对要高，风筛筛属于台风之子，也就是强热带风暴之子，温度肯定要保障。第二个是要保证水量，台风的诞生地都是大洋之上。第三是风力，自然的环境里会产生空气的对流，而密闭空间里缺乏气流的运动，需要刻意补充。第四个是呵护，它是自然的奇迹，不能冷淡对之，需要我们关爱它。说到最后一点，胡鲸君开始有点唯心了，不过我喜欢他所表述的内容。

根据胡鲸君的提示，我在脑海里搭建了一个试验模式，主要由三个机器组成：一台孵化器，一台加湿器，一台电风扇。当然这些东西都需要加固。我网购了一台孵化机，原本是用以孵鸡蛋的，我将上面的塑料壳换成了网络定制的一个有机玻璃外壳，顶部带有空洞，可以开合，侧面留了一个大圆孔，用于安装外部电风扇。加湿器我没有放在内部，而是放置在孵化机旁边，通过一条软管将水汽送入玻璃罩。在保育系统尚未建造完毕的几天时间内，我只能临时想点办法，用一台白炽灯照射着鱼缸，并定时往里面加开水，以保证温度和水分。保育系统建成后，我舒了一口气，小辛巴总算有了一个安乐窝。我还特意将温度调高一些，加大水汽的供应，将小辛巴喂养得壮实了很多，主要是如果哪天疏忽了，小辛巴还能多挺一会儿。

岛城的冬季寒冷而漫长，是我最不喜欢的季节，而小辛巴在自己的安乐窝里，完全不知外面世事的险恶。那个冬天过得比较平静，偶尔有一次电风扇烧坏了，让我小紧张了一下，不过小辛巴没有大恙，我分析大概是因为玻璃顶部有孔洞，空气依旧流通的关系。

春天是个神奇的季节，野外桃花、梨花、油菜花一茬接着一茬开放，人也明媚了许多。小辛巴明显活跃起来，闻闻吵着要带小辛巴到社区小公园里玩，让它晒晒太阳，闻一下盛开满枝的玉兰花香。我们谁也没有想到，在变幻的暖意之中，小辛巴差点没有挨过那个雷暴之夜。

傍晚时分乌云压城，我妈让我去收衣服，站在楼顶，我能看见四周密布的云层。吃完晚饭，屋子外的惊雷之声像是裂开在头顶，突然就停电了。我往窗外看去，整个小区黑压压一片，偶尔会有划过的闪电光束将窗户照亮。应该是哪里的变压器遭雷击了吧，我好不容易从工具箱里找出一只充电的矿灯，居然还有电。可能很久没停电的关系，闻闻反而有些惊喜。四周像是一下有了深沉的宁静感，偶尔还能在宁静之中听见压低的云层中走动的滚雷之声。那天晚上我们都提早入睡了，女儿的作业还没有做完。

睡梦中，拥着妻子而眠的我能听见凌晨下过几场暴雨，在雨滴撞击屋顶和地面的淅淅声中我睡得很香。第二天睡醒，略微有点迟了，岛城已经来电了，我们又恢复了往常的忙碌。闻闻在临走前跑过去和小辛巴说一下再见，这慢慢成了女儿上学前的仪式。女儿发现了小辛巴的异常，她感觉看不清小辛巴了，显得很着急。还是妻子的反应快，倒了一小杯热水浇在孵化器玻璃罩内，让闻闻安心上学去了。送完闻闻回家，我发现小辛巴几乎变得透明了，比原来小了很大一圈，但是依旧在虚弱地旋转着。

孵化箱昨晚烧坏了，可能和雷暴有关。昨晚气温也偏冷，如不是及时发现，小辛巴恐怕要灰飞烟灭了。加急网购的孵化器没寄到前，我只能采取老办法来养护，用白炽灯照射，并且定时往孵化器里倒开水。那天是超级忙碌的一天，把我急得团团转，好像事情都堆在一起了。女儿在下午的体育课摔伤了脚踝，接到老师电话时，我刚在微商城里上架了我工作室的一款新品，正准备立马付费跟进广告直通车。女儿没有什么大碍，只是骨裂了，打上了石膏，预示着后面一个多月闻闻都要人背着上下楼。在终于将小辛巴和女儿都安顿好后，我躺在床上，感到身心俱疲，不过还是沉沉睡去了。

进入初夏，世界烦躁了起来。在家里，需要和各种小动物进行对抗了，蚊子、蟑螂、蚂蚁秘密占领了我家的很多空间。在夜间，还能听见小区里母猫发出婴啼般的发情之声。不过，老婆也在那时怀上了二胎，老妈高兴坏了，几周后就睡进了客房，准备开始照顾孕妇和将来的新宝宝了。老妈常住后，从客房移出来的健身器材、书架和老妈从老家搬过来的部分家具暂时都堆在客厅里，客厅一下子成了仓库，小辛巴的孵化箱也成了一件杂物。

妻子怀二胎后变得异常敏感，她老说能听见家里咯吱咯吱的响动。我知道有些女人怀孕后听力会变得无比敏锐，甚至有人能听见屋子内的盆栽在春天生长的声音。我担心妻子听到的是蟑螂啃食的声音，那就麻烦了，因为蟑螂很难真正去除。为了解除妻子的困扰，我专门抽时间坐在主卧里，紧闭房门聆听，没有听到什么动静。不过夜深人静时，妻子将我推醒，说响动可能是客厅里发出来的。

根据妻子的提示，我在客厅了坐了好一会儿，才发现杂物堆里有极度轻微的响动。我找了很久，才确认那个声音的源头是小辛巴。我分析了一下，应该是受不断升高的温度和海边城市重湿度的影响，小辛巴开始躁动不安了，个头明显变大了一圈，将孵化箱的有机玻璃撞得咯吱作响，像一只欲夺门而去的发情公猫。

客厅实在是太杂乱了，需要好好清理清理，包括小辛巴。我看上了我家楼道对面空置的套房。对面套房十年了都没有售卖出去，根本就没几个人来看过。我总感觉这些空房间是这个时代的标本之一。门锁是坏的，用普通钥匙旋转后就能轻松打开。我们的心灵和这些空房间很像，都在快速老旧。我妈和我开始整理客厅，将一些破损家具和闲置多年的健身器材丢的丢，卖的卖。舍不得扔掉的就堆放在楼道对面的空房间里，包括可爱的小辛巴。

我检查了一下空房间，门窗完整，通电也正常。为了防止用电纠纷，我从自己家拉一条飞线过来，穿过空房间紧邻的阳台和铝塑窗，导致窗户不再能紧闭，但这样刚好方便通风，不然里面太闷了。旧家具堆在里屋，小辛巴被安置在客厅里。我隔两天就来给小辛巴的保育箱加点水，检查一下电力是否正常。有时候我转动门锁推门进来，匆匆加完水就出去了，女儿也几乎不再来看望小辛巴。老婆阶段性的困扰不再是小辛巴的风声，而是蚊子在蚊帐外飞舞、在盥洗盆喝水、在阴暗中产卵的声音了，我们又担心蚊香液有微毒，不敢在主卧内使用。

小辛巴终于挣脱了保育箱。保育箱我用透明胶布加固过，变得有些丑陋了。我还没有进门时，就感觉房间里有声响。进去后，我发现地面上有碎玻璃碴，是客厅的白炽灯泡碎了，裸露的灯头在天花板上微微摇晃。当我看见逃出了保育箱的小辛巴时，内心反而松了一口气。加湿器还在工作，依旧在向着天空中喷着水雾。小辛巴就停留在水雾的旁边，个头明显大了很多，有点像逃课的高年级小学生。

其实每次见到小辛巴天真的模样，都让我怀念我儿时养过的一只名叫哈莉的小母狗。那时候我家从月亮湾村搬到上岸小区，经过父母辛勤劳动，终于购置了一个套间，一家五口也终于结束了住出租房的生活。小哈莉就养在我家阳台上，那狭窄的地方根本不够它活动，它经常会用前爪刨着我家的后门。最后它被带到了我外公家，拴在门口的一个搭建的木棚里，日晒雨淋，对着过往的车辆和行人吠叫。后来它得了皮肤病，毛发掉落后看着很是凄惨。狗死后按照岛城的习俗被丢在阴沟里自然腐烂，从此之后我再也不想饲养家犬了。

小辛巴似乎就在重复着所有圈养之物的悲剧命运，它开始变得肮脏。因为毛坯房里有粉尘，小辛巴将屋子里的灰尘都吸附了进去，云气的颜色不再是纯白而接近透明的，而是看着灰黑灰黑的。天气很炎热了，我家住的是顶层，空房间里的温度非常高，像是火炉。加湿器作用已经不大了，底部我用几块石头压着。我弄了两只大澡盆来装水，放置在空房子的客厅中央，小辛巴经常会到那里饮水。我换了一只大功率的电风扇，用几块石头将之固定住。闻闻又来看小辛巴时，似乎已经不认识它了，闻闻有些失望，小辛巴不再是它幼时可爱的形态。

我发现这样的小辛巴更迷人，带着一股蓄势待发野蛮的力量，那股力量是中年的我们所缺乏的。胡鲸君忽然造访我家，见到小辛巴后也是这样看，他说他开始敬畏自然之子了，而不只是感动。空房间内部形成了一个独立的风场，足够疲惫时，我会独自一人到空房间和小辛巴坐一会儿，直接坐在毛坯水泥地面上，久久看着旋转着的小辛巴。我的汗衫和头发都被风鼓动着，像坐在山巅，劲风拂面，看着脚下的灰色云层在翻滚。我感觉自己在消失，很多过去的画面跳了出来。我回想起了十七号台风降临岛城时的场景。那时我在姨妈家做客，大风将一扇窗户打坏了，姨妈领着表哥和我冲到风雨中钉木板，尖刺般的雨水打在我们脸上和身上，第二天听说有一个身体很轻的老人被风刮飞了，挂在了树上。更小的时候，在老家的石厝里，也是台风天，妈妈连夜把我们转移到一楼，睡在桌子上，第二天石厝上的瓦片飞走了一大片，家门口的一棵高大桑树被连根拔起，我爸集合了村里的几位男人合力将桑树种了回去，不过那时候的我浑然无惧。

我没有预料到小土豆会偷跑进空房间里，还受伤了。周末，小土豆常来我家玩。我听见隔壁有很大的哭声，赶紧起身看看，发现自家的门洞开着。等我推开空房间虚掩的防盗门时，发现小土豆正坐在地上哭，头发和脸蛋都沾满了灰尘。小土豆举起右手掌给我看，有一片玻璃碎片扎在小土豆的手心上，流血了。小辛巴愧疚地待在靠窗的角落，身上多了一些树叶。我赶紧将小土豆抱回我家，老妈、妻子、闻闻都围过来了。幸好没有其他的伤口，妻子将玻璃碎片取出来，将伤口消毒干净，并贴了创可贴。老妈心疼得不得了，说是万幸没有扎到要紧部位。

看样子是灯泡的碎玻璃碴子没有被我清扫干净，裹挟进了小辛巴的风系里。妻子赶紧告诫闻闻和小土豆，以后不要再和小辛巴玩了，太危险了。我倒没有责怪小辛巴，我知道小辛巴总体上是个安静的野孩子，只是有着难以驯服的脾气和力气。反而觉得是我对它缺少引导和呵护。我走进空房间，看着小辛巴身上依旧在旋转的树叶，有几片已经落在地上了，想想那肯定是小土豆的杰作。

让我困扰的事再次出现了，而且这次更加危险。空房间的阳台推拉门有一扇被小辛巴震开裂了，我发现时不免心惊，脑子里胡乱想象着玻璃碴子掉到楼下将无辜行人扎伤的情景。幸好发现及时，我用胶布将玻璃贴了一遍，在楼道顶部搬了两块我们家装修时多余的三合板，用几根水泥钉将阳台推拉门封死了。没想到，紧接着我又接到了中介的投诉电话。事情都堆一起了。这么多年被闲置而无人问津的空房子，居然有人来看房了。他们进门时，被屋子里旋转的歪风给吓住了，还有三合板封住的阳台门。幸好中介算是熟人，他很委婉地表达了自己的不满，说只是打听一下我家对面空房间里的堆物是谁的，还有那阳台门的情况。我抱歉地说，多年没有人住，我家偶尔会放点杂物进去，我会马上清空，并修好玻璃推门的，放心。

自然之子隐藏在我所住的楼房里，更多是带来困扰，庸常的生活并没有给神奇留有足够的空间，即使它足够隐蔽。或许最好的方式，就是推开阳台的玻璃门，让小辛巴自行离开，只是我总觉得舍不得。不管怎么说，小辛巴已经是我们家的一员，就算现在闻闻很少来看望它了。在小土豆被扎伤了之后，闻闻还是不断将小辛巴画进她自己创作的画里，而小土豆很自豪地对小伙伴夸耀他的手心由风筛筛造成的伤疤。我已经习惯了在疲惫时到空房间里待一会儿，像是走进被遗忘在这个世界某个角落的风之殿堂。

　　我找胡鲸君商量应该怎么办，我没有问胡鲸君是否想领养小辛巴，我知道这会让一个连自己儿子抚养权也争取不到的老男人心慌。我自己都缺乏决心做的事情，何必让他人为难？胡鲸君拿出了珍藏的酱香型白酒，我们一杯接着一杯地喝。胡鲸君没有说出任何有用的建议，他只是与我感叹生活的混账，讲述他的无能。

　　第二天上午，尚有酒气的我在阳台取下推门上的一块木板，豁然将门拉开了一道口子。此时屋外正在下雨，远处的灯光变得朦朦胧胧，潮气自外涌入，本来相对安静的小辛巴开始不安起来，缓缓向着阳台门移动，它的身体开始沉重，云气变得乌黑。我忽然担心小辛巴已经成为温室里的花朵，面对室外多变的天气，会迅速夭折，像闻闻当时所做的梦一般化作雨水了。我担心闻闻知道后会哭，赶紧将阳台推门关好，把三合板按了回去。

　　但我知道小辛巴不能再待在空房间里了，需要给它找一个新家。为了降低小辛巴的活性，我托胡鲸君打了两大块冰块给我。我和胡鲸君一起将冰块堆放在客厅中间，几个小时后起到了效果，小辛巴哆嗦着退到了房子的一角。我找了一只编织袋，将小辛巴一把套住，准备将小辛巴转移到海边一座废旧的厂房里。装着小辛巴的编织袋轻极了，几乎没有重量，但是鼓鼓囊囊，有点像一只准备起飞的热气球。胡鲸君和我，一起开着车带着小辛巴去往海边。

　　厂房面积很大，过去是一个鱼粉厂，曾经红极一时，不过到目前已经荒置多年了，儿时我经常从那里路过，前往厂区附近一片美丽的鹅卵石滩玩耍，丝毫不理会当时鱼粉厂所飘出的腥臭味。厂房是红砖式建筑，窗门倒还完整，但多处有小破损。内部空荡荡的，落满了尘埃，我们说话的回声在厂房内回荡。我对胡鲸君说，至少这里空间大，小辛巴可以尽情奔跑。我们到海边打了很多海水进来，装满了几只水桶，方便小辛巴补充水分。

看见小辛巴在厂房内飘动，鼓起尘埃欢腾的样子时，我们总算宽心了一点，我从未见过小辛巴如此自由的状态。天渐渐黑了，胡鲸君开车送我回家。我们离开时，小辛巴飞到了顶棚上。那个晚上我失眠了，我根本不知道接下来小辛巴会发生什么，不知道有何种变数会出现，我充满了忧虑。但是转念一想，或许我无权让自然之子受限在一座封闭的空间里。我第一次看见小辛巴跳舞时，就知道它是带有灵性的。它终究是属于自然的。应该让"命运"这个古老的词决定它的未来，而不是我。

老婆挺着肚子侧躺着，将一只脚跨在抱枕上，偶尔会发出轻微的呼噜声。老妈、女儿也都还没起床。天蒙蒙亮，我就悄然从空调房起床了，喝了一杯热水就出门了。那天的晨雾弥漫在岛城，路上只有零星的清洁工和晨跑的人。骑着小电驴，我沿着环岛公路奔着旧厂房去了。海风吹拂着我的脸庞，路过渔港时可以看见众多的铁壳船停在雾海中，一切都显得舒缓极了。

当我靠近厂房时，我注意到窗玻璃碎了几块。我推开大门，心里还是慌慌的。我看见靠在厂房边缘舞蹈的小辛巴明显变得健壮，正在吸收更多从窗户和缝隙涌进的雾气。为了安全起见，我没有将电瓶车头盔摘下来，我害怕有碎玻璃或者尖锐物裹挟进了小辛巴的风圈里。

　　我不知道当时我为什么那么果决，没有任何犹豫，将整个大门拉开了。或许我只是太疲惫了，或许是因为我忽然体会到了冷静的爱，或许是我其实找不到更好的办法，或许是我从未看过小辛巴如此自由而健壮的状态。是时候将小辛巴放归自然了，不远的地方就是宽阔的洋面。小辛巴从我身边擦过时，我整个人的衣服和头发都飞扬了起来，差点摔倒了。它出门的速度不快，但是力道很大，带走了无数的尘埃。

　　我跟在它的身后，小跑了一段路，直至来到沙滩上。小辛巴似乎是记起了它的童年，在沙滩上停留了好一会儿，带着沙粒飞舞，像是穿上了一条沙粒之裙，在空中发出沙沙的声响。风越来越大，吞口的潮水变得汹涌，出现了好几阵大浪。小辛巴慢慢往海面上走去，旋转着雾气和水汽，在天空中形成了一个小风系，吞口很多人都站在原地看着空中的异象。有人甚至被横风吹倒了。吞口上方的云层越来越厚，有人看见一艘小舢板被狂风抬高了一两米，又摔回了海面上。

　　后来的两天整个岛城都在下阵雨，有大风，去往两座孤岛的航班都停航了。本地气象局发布了热带风暴预警，我看见了气象局的内部参考，说东海发现了一个台风胚胎，有进一步形成强热带风暴的趋势，被命名为"木兰"，产生的地点就在离我们岛不远的洋面上，特别罕见。女儿告诉我这几天学校通知他们要注意防范，不知道会不会停课。我打开台风路径小程序，让闻闻看实时的风场图，试着问她如果这就是小辛巴，她会怎么想。她想想说，那也很好。我告诉她，小辛巴被放走了，将一艘小舢板抬到了天上，它没有停留，就走了。

闻闻那几天每天都向我要手机，打开台风路径小程序，主动向我报告我们的小辛巴走到哪个位置了，风力升得很快，成为热带风暴了、成为台风了、成为超强台风了，又慢慢减弱为强热带风暴、亚热带风暴、热带低压了，然后缓缓消失在了太平洋的中心。陪着闻闻讲睡前故事时，我开始和闻闻一起讲述微型风暴小辛巴的故事。这次的讲法非常特别，闻闻讲几句，我讲几句。我问闻闻，你觉得小辛巴会不会在过境时在哪里留下几只可爱的风筛筛？闻闻开心地点点头，说肯定会的。

当我又一次听到闻闻讲起小辛巴的故事时，她懵懂的小弟弟已经长大了。闻闻将故事里的自己和真实的自己混淆了，在闻闻的讲述里，她陪着我去搬运冰块，在小辛巴离开的那个早上，她跟着我一同早早起床，没有打扰妈妈和奶奶，坐在我的小电瓶车后座双眼惺忪地行进在从海上涌过来的大雾之中，跟着我依依不舍地打开了厂房的大门，等着小辛巴从她的身边出走，看着小辛巴在空中吸收着水雾，慢慢向着洋面走去。

在一个停电夜，我听到闻闻绘声绘色讲起了她曾养过的小辛巴的故事，捏捏她小弟弟的脸蛋说，只要他乖乖的，她以后会替他捡一个风筛筛回来。

分身石

分身石

1

在忙得晕头转向的中年之际，我总是怀念十多年前作为临时工游手好闲的那段美丽时光。那时候的我纯粹是一个愣头青，一无所成，缺乏人生目标，整天陷入周而复始的公考备考泥潭之中，预测自己作为准大龄男青年而一如高复生那样埋首书卷势必会秃顶。也只能是在那段时间里，我才有大把可供浪费的时间用于突发奇想找回爷爷留下的分身石。

分身石是我们岛上众多被隐没的小奇迹之一，也称奶石、母石、息石。当然对于这个纷繁光怪的时代而言那些古老的小奇迹或已不足为奇。找回分身石的冲劲突然来临，从我的小腹涌上心头，与第一次决定和后来成为我初恋女友的黎晓婧约会时所产生的冲劲类似，异常猛烈。

我属于随波逐流的绝大多数人，极少有属于自己的想法，按照这个社会铺好的温良轨道前进，读幼儿园、小学、初中、高中、大学，仓促间毕业了，不知自己要何去何从。一切按部就班而不温不火，从未培养出属于自己的真正兴趣。毕业后回乡，在文化单位里做了几年临时工，工资只有一千出头，突然发现自己快三十岁了，却丝毫没有人生的方向可言。

或许是因为太闲了，我竟然开始了思考，然而思考的结果是焦虑。直至某天，我茫然盯着书架顶排几本书中间的闲置空间时，突然觉察出了异样，那里曾经放置了一块黑石，而现在却不见了。思来想去，我的人生之所以尚且一事无成，肯定是我把爷爷留给我搁置在书架顶端的那块分身石弄丢了的缘故，别无其他原因了。

那是一块相貌平平的黑色石头，细看，可以看到石料内掺和了一些黄色的杂质。我爷爷余乃佑过世时，将之作为遗物留了一块给我这个长孙。我母亲叫我千万保管好，可此时它竟然不见了，而我的脑子里根本搜索不到任何线索。虽然石头本身价值或许不高，但分身石作为爷爷留给我的遗物，饱藏着爷爷深切的寄愿，是弥足珍贵的，怎么无影无踪了呢？反正我非常烦躁，一度崩溃。

当然这种崩溃极度脆弱，主要是我转念一想，忽然发现了我之所以崩溃而一无所成，是因为丢失了分身石，而这么简单的症结我原先为什么没有发现？只要找到遗失的分身石，所有的困顿都将土崩瓦解。这必定是自我成长的重要一课，让我的郁闷有了一个出口，精神不由得抖擞起来，像是一头摘掉了眼罩的驴子，认出了脱缰之路。

对于我空洞人生的现阶段而言，寻找分身石，无疑将是一件微不足道却具体而富有意义的事。我开始往记忆深处走，沿着尘封的黝黑隧道搜寻早已忘掉的细节，和我失败的过去建立连接。我终于能够理解赵凰集了，这小子在去年底开始突发奇想捣鼓起了捕风器。赵凰集和我说起他偷了岸边的一条小船，专程划出去捕捉海风时，我还取笑过他。但是现在，我知道他没有瞎胡闹，我知道赵凰集这位和我一样的庸人来劲了，我记起了他脸上浮现

分身石

出的和我爷爷余乃佑那位老工匠一般狂妄而专注的表情。

我也终于明白爷爷余乃佑为何从我小时候就给我灌输无数离奇的海岛寻宝的故事，他肯定预感到他的孙辈们未来最大的危机是平庸。在我爷爷的寻宝故事里，余乃佑是一位胆大包天的渔家汉子，年纪轻轻就跟着船老大上船，骑过海上的巨龟，潜海时发现过一颗能够照亮夜海的巨大明珠，帮助国民党驻岛部队清除过日本人遗留在瓯江口岸的水雷。那时候的我天资愚钝，充满好奇，听得津津有味。

我提高了嗓门问我妈，是否看见了爷爷留下来的黑石？它在我的书架上放置了多年，像一株盛开的黑色向日葵。那时我妈已在半退休状态，和我父亲一同经营多年的夫妻理发店落寞了。父亲外出去北京打工，在城郊建筑工地里做管理。我妈将我家客厅简单收拾一下，留下了几件理发用的行当，就开起了她的个人美发工作室。她在为一位老顾客做头发，大功率吹风机的声音在我家荡漾。关掉了吹风机，我妈嫌弃地对我说，肯定不会丢的，前段时间我还看见过它。她回过头向老顾客阿姨介绍我，在大学里，还会弹吉他。我心里已经察觉了老妈的阴谋，多半是张罗着给我相亲，或许已经向人家介绍了我的许多优点，让我莫名有些紧张。

我妈是个乐天派，我当时很不理解为何我妈拥有不衰的盲目自信，这种盲目自信同样体现在我爷爷、我大伯、我外婆身上，他们都具有我所缺乏的乐天气质。老妈总是津津乐道于她培养出了三位大学生，特别是坚信我这个大儿子日后会大有作为。而我始终感觉那是老妈的妄想，我在今天之前分明就是一个缺少灵魂的多余之人，在大学期间也没有表现出任何出彩的地方，不能作为我弟弟妹妹的榜样。唯一值得夸耀的是，我毕业的时候带了一把木吉他回家。尽管在音乐方面我同样缺乏天分，但是凭借装样子，我还是博得了黎晓婧的喜爱，足见大学期间的爱恋多么纯粹而盲目。

看得出我妈有点惊喜，这是我毕业多年以来为数不多的几次对电脑之外的世界产生兴趣。她老是叫我要走出自己的房间，但她不太担心我，她需要操心我的妹妹，毕业独自漂泊在异乡，喜欢到处穷游，我的弟弟在埋头攻读研究生，立誓要耗尽家里的钱财，而我毕竟已经有糊口饭吃了，可以算是顶天立地了。"肯定在家里"，我妈向我保证，她说自己两天前做酱辣螺时还用过。

我独自翻箱倒柜找了几天，找出了我十多年前掉落的分币，压在棉被底下十多年前写给一位高中女同学而从来没有寄出过的信，还有一只薄成纸片的蟑螂尸体，也没有找到一块石头，更不用说是黑色的石头了。我发现我妈砸辣螺时所用的工具是一把黑色的铁榔头，而不是分身石，因为那把榔头的头部还沾有辣螺壳。我妈很好奇我怎么突然有了如此坚忍的耐心，以至于将她感染，在理发空闲之余也加入我的寻宝行动中来，但是还是一无所获。

2

赵凰集打电话给我，说他捕到了一股蓝色的风，在前往醒岛的小船上。我不得不承认我有点羡慕，不是羡慕他伪浪漫的举动，而是羡慕比我沉闷的他居然会折腾了。我对我妈说，我要出门找分身石，要用一下她的小电驴。我妈很高兴，分了一把车钥匙给我。每次看到我能因工作外的原因外出，她都感到由衷的高兴，可能因为我实在是太宅了吧。

我妈说我应该去东南岙口的杨府庙找。她说爷爷余乃佑用分身石整修过杨府庙，四面黑墙，非常特别。那个庙后来又翻修过，她也有段时间没回去了。我妈说我儿时有一次得了失心病，人忽然呆呆的，她按照隔壁阿婆的指导，帮我跑杨府庙去祈福，第二天我就恢复了。她觉得自己现在还应该替我去祈一下福，因为现在我这样失魂落魄的，肯定是当时祈福的诚意不够。这个庙有点历史了，当年日本兵曾烧了神庙前的"哭树"，后来坐船出海时日本兵遇到大风浪，一人坠海而亡，而那一天原本风平浪静，小队长前村一郎听从了本地黑军头目王黑药的建议，偷偷在杨府庙依闽南风俗做了一场法事，以求海神原谅，此事记载在庙前的石碑上。爷爷余乃佑留给我的分身石，可能就是当时修建杨府庙时所剩余的，那是后面的事情了。

我骑着老妈的宝蓝色小电驴，沿着环岛公路往东南岙口方向前进，顺道绕到月亮湾村走了一圈，整个村显得异常宁静，没看见多少人走动。远远是我们村那艘废弃的巨船遗骸，吞噬掉了半边岙口的光线。我家的老石头厝租给了一个收废品的，门口堆了一堆包装纸板，我没进门。稍做停留，我就去东南岙口找杨府庙了。杨府庙在东南岙口临海的山坡上，倒是清静之地，此时向阳处的酢浆草已经开花了。在我们岛城，几乎每个岙口都有一座神庙。孤悬海上之人的精神世界过于悲伤，需要众多神明的护佑和慰藉。

看得出杨府庙新修过，香火应该比较旺，殿前烛台点着几排蜡烛。大殿侧身立有两块记碑，其中一块沧桑很多，年代略为久远，我在碑记末尾一串名字里找到了爷爷余乃佑的名字，他是当时修庙委员会主任。仔细辨认，可以看出字迹已然模糊的石碑上"日军焚哭树，后有兵卒坠海而亡，民谓杨公发怒"的字样。另一块碑显示杨府庙在五年前重修过。我走进大殿，殿为两进深，里面有位老人在整理供果。老人一下子认出了我，叫出了我的小名，他是我的族公。

我问阿公好，是在庙里帮忙吗？族公说对呢，今年轮到咱们村主事，你回家和你妈说一下今年的人丁费在收了。家乡很多老人都对我很好，但是没心没肺的我却往往叫不出他们的名字。事后我问我妈，列举了很多老人的特征，才弄清楚族公名字叫余乃厚，以前当过民办教师，练了一手好字，我好多年没见过他了。

我在府庙里转了一圈，并没有看见黑墙的踪影，都是新刷过的白墙。大殿进门的墙上画着杨家将的传奇故事。我问阿公是否知晓这里原来有我爷爷帮忙砌的黑墙。族公惊讶于我的提问，问是谁告诉我的。我说是我妈。族公说，几乎没有人记得这回事了，当时的黑墙古色古香，是你爷爷带着众多男丁从黑石滩挑上来黑石，大家一起动手砌的。分身石长出来的石头经常会毁坏墙面，后来重修的时候黑石墙都拆了。

好久没到海边转转，我都忘了岛城海景的开阔了。海面上有航船走过，我陪族公坐在庙前广场的小板凳上，听族公给我讲起我爷爷重修府庙的经过。族公说我爷爷是明知不可为而为之。二十世纪七十年代末，岛城破落，东南岙口众土著提议重修残破的杨府庙，召集了附近几个村的才俊主持，募集到的资金总体吃紧。我爷爷那时候正当壮年，豪情未竭，准备领头将杨府庙多修出一个大殿。我爷爷提出石墙就在黑石滩取材时，遭到了当时首席工程师余乃勇的反对，因为他知道那里的分身石本身并不适用于建筑，砌上去的石头一旦再生就会导致部分墙体脱落。不过我爷爷所说的理由非常动人，他说修神庙就是要用神石，而且他说他会负责每年对墙体进行修补。府庙新殿设计的是传统的柱梁结构，四周都不是承重墙，而是填充墙。重修后的杨府庙香火极旺，来求生育的人极众，祈求者会抚摸分身石墙四面各三下，传言求生育非常灵验。

我问，那黑石墙呢？族公说考虑到黑石墙容易倒塌，前几年翻修时，老的墙体被拆掉了，砌上了砖墙。那个时候我爷爷生了一场大病，没能阻止那愚蠢的翻建行为。我问，那拆下来的石头呢？族公说，那肯定都倒回黑石滩去了。我问族公那黑石滩在哪里。族公说在劈崖下方。劈崖是岛城的一处小秘境，一个未开发的自然景点，临海的一面是悬崖断壁，崖上有一座望海亭。初中毕业那年，几位同学曾结伴到劈崖闲玩，我们就站在崖上依靠着防护铁链临崖而望，对着大海叫喊。崖下有一处黑石滩，堆满了乌黑发亮的卵石，我倒是从来没有下去过。

3

我想我应该去黑石滩看一看，不过那天天色已晚，劈崖地势险要，肯定要择日再去了。下崖的小道多半布满了荒草，会有一定的危险性，还是需要找一个盟友。我提起精神打电话给赵凰集，告诉他我正在找分身石，他一听就来劲了，一口答应了下来。赵凰集是理科生，原先和我一样缺乏理想和人生动力，毕业后在杭州晃荡了半年就回乡啃老了，一直借口说自己在家准备考试。我每想到自己如此颓败时，就会拿他当作参照物，马上能够得到安慰。

见到赵凰集一副清醒模样，而非睡眼蒙眬之相，我多少还是有点不能适应。我不知道他到底是受了什么样的刺激，忽然像是变了另外一张脸，捕风应该不是真正的原因。我骑着蓝色小电驴到集合点等赵凰集，他也骑了一辆小电驴而来。要登上劈崖顶，需要爬升几十米，没一会儿我们俩就冒着一身臭汗了。后来我喜欢上了出汗，经常约上赵凰集、郑碧河等好友出门找虐，爬山，反正我喜欢那种累得气喘吁吁而浑身发烫的感觉，这会让我觉得自己很有男子汉气概，不过那是我开了"分身石工作室"后的事情了。此时的我再次登上劈崖之顶，跳到望海亭的坐椅上，登高望远，猎猎的海风吹拂着我的脸庞，居然觉得有点生凉。在崖顶，我看见远处的岛礁上有人坐着海钓，我很惊讶那些钓鱼爱好者为什么会那样狂野，包了小船，挎着笨重的渔具，顶着大太阳坐在海边钓鱼？

我们找到了通往崖下黑石滩杂草茂密的小道，但是只要我们走近，总是能发现前方隐约的通道在给我们指路。我找了一根干树枝充当手杖，往前方的杂草里敲敲，故意发出一些声响，担心有蛇或蜥蜴等爬行类动物藏在草丛之中。有几段土路非常滑，有一次我差点摔倒了，幸好抓住了顽强的草叶，只是手心割破了一点皮。

我差点忘了我是来找分身石的，黑石滩宁静极了，倒不是那种听不见任何声音的宁静，而是巨大潮声里的宁静，潮水反复拍打着黑色卵石而发出巨大的轰鸣声，将我和赵凰集的讲话声都掩盖了。我们便也不怎么说话了。那天的阳光很明媚，远海被天空照映得很蓝。我和赵凰集记起了我们儿时的游戏，站在黑石滩上向着大海玩漂石，专门找薄一些的小卵石。后来又变成了向大海丢石头，看谁丢得远，卵石在海里激起了水花。无人的石滩，感觉非常干净，我躺在石滩上发呆，看着崖顶上方蔚蓝的天空，像是要融化了，我觉得自己好久没这样放松了。

我捡了几颗黑卵石在手心上，有足够多的时间让我好好端详它们。黑石滩的卵石，整体是黑色的，但是含有一些彩色的斑点或者线条。泡在海水里的卵石看着栩栩动人，仿佛是活的。而远离海水的被风吹日晒的卵石表面会微微变白，像是冬眠的果实。我能听到那些泡在海水里的卵石在歌唱。海边每一块活着的石头都是独特的，带着岁月和大海的印记。它们是如此平凡的礼物，却足以让握着它的人无比珍惜。

　　赵凰集问我这个是不是分身石。我知道就是的，虽然我不能完全确定，因为要真正验证它是分身石需要时间。当我捡起黑卵石时，我又感受到了我曾经触摸过的特有的细腻感。分身石的表面看着有点粗糙，但是摸上去非常顺滑，会有一种涂抹了爽身粉的错觉。我很惊讶，原来数量如此巨大的分身石一直就在崖下的滨海之地，没有任何的遮蔽，而我之前根本不知道。

　　带着黑石滩给予的宁静，我和赵凰集分别拿了一块黑卵石回家，我嘱咐他一定要收藏好。当我把黑卵石拿给我妈看时，她正在厨房里做晚餐。她看见了黑卵石，说她就知道不会丢的。我说是从黑石滩捡过来的，我妈表示很惊讶，好像我干了一件惊天动地的事情一样。我重新将黑色的石头放在了我的书架上，像是完成某种修补的仪式。

4

　　后来我才知道，我所听到的泡在海水里的卵石的歌唱是真的，并不是潮水荡漾所产生的听力幻觉。而这秘密的发现，来源于我开始懂得沉默之物的珍贵。捡回黑卵石后，我似乎养成了一个小癖好，就是睡前都要把玩一下石头，有时会用它按摩一下头部，有时会用它贴着自己的脸玩，顺手放在床头入睡。在半睡半醒中，我总觉得床头的黑卵石发出了轻微的呼吸声，不过在一段时间内我都不以为意。

　　我妈问我要不要陪她去东南岙口杨府庙点香。我自然说好的，主要我还想和族公聊聊。我问我妈族公会不会在那里。我妈说，乃厚公一般都会在那里的，这几天是杨府爷做敬之期，那里很热闹，换作以前的话，还要搭台请戏班子唱戏的。老妈准备了几样水果、红枣、香糕等供品，我负责提东西，我们打了车过去。我好像很少陪我妈一起出游，老妈很高兴。

那天去点香的人不少，到了杨府庙前，老妈说让我拿出两对蜡烛，点在烛台上，然后又让我数出两束各十八支燃香，用我们刚才点燃的烛火引燃。族公正在殿内书写功德簿，看到我，他搁下了手中的毛笔，招呼我坐在他身边，问我有没有去劈崖。我说我叫上了我的好朋友赵凰集，下到了黑石滩，捡了一颗黑卵石放在了我的书架上，我总觉得我能够听见卵石的呼吸声或者说潮汐之声。

族公说我应该是发现"听石法"了。我好奇地问什么是"听石法"。族公说我们闽南先民信奉万物有灵是有原因的，海岛上的老一代多少都见过群岛的一些小奇迹。分身石是会说话的，因为它本身就是神石，不过我们浊骨凡胎，耳朵早就被各种噪声污染了，何况现代人更是听惯了电视机、手机的声音，自然就很难听见卵石的无音之声了。听石需要沉静，其实是修心之法。

分身石是很有性格的，被砸裂时会发出尖锐的类似惨叫的声音。二十世纪七十年代初，东寨村红小兵范德刚其实就是个刺头毛孩，居然在东南岙口的小广场上公开审判"分身石"，那时候人群云集，他以要破除分身石能够分身的鬼话，命人砸开石头，黑色的分身石裂开了一地，当其中一块个头较大的黑卵石被砸开时，发出了一声极端刺耳的尖叫，像是人声，将所有在场的人都给吓到了。范德刚耳朵嗡的一声，从此犯上了再也没有治愈过的严重耳鸣。不过他毕竟少年老成，故作镇定地说既然石头已经坦白，那就要从宽处理，匆匆忙忙终止了那场荒唐的审判。

我和我妈说我要一个人再去黑石滩走走。后来我经常一个人去，那里似乎成了我的后花园，下崖的路倒也没有那么难走了。我经常就躺在石滩上晒太阳，拿个帽子把脸一盖，有时候就穿一条短裤衩，让身体的其他部分都暴露在阳光下，我被晒得浑身黝黑，一看就知道是这些黑卵石的近亲。有时，我就干巴巴坐在卵石滩上看云，有些夏天的云非常低沉，感觉伸手就可以碰到。不过这次，我是过来听石的，族公的肯定无疑给了我动力。族公说石头里隐藏了很多声音的秘密，像是一台旧的录音机。

有意识地听，需要更加沉静，有些痒痒的感觉。我听到石头们所唱的歌曲用的是比闽南语更加古老的语言，初听之时只是一些卵石被潮水翻动的哗哗声，慢慢就会听见那里面录着远古部落的哼唱。有时候会听见类似用石锤敲击着空空的石鼓所发出的空洞之音。远离海水的卵石们则沉默不语，我能听见个别石头发出的鼾声，基本是很平缓的呼吸声，缓慢而细微。我将岸上略微泛白的黑色石重新丢进大海时，能听见石头轻微的欢呼声。

我经常听着石头的各种窃窃私语而在石滩上躺着睡着了，然后又被石头们的窃窃私语吵醒。我发现除了睡觉，好像没有其他具体的事情可做。我经常在重新醒来时，恍然忘记醒过来的我是何人，现处何世。我总觉得我也不过是一块分身石，和这些层层叠叠的石头一样普通，在自然之中存在着。

我觉得我终于能够理解为什么我爷爷总是慢悠悠的。在石头的窃窃私语中，我经常记起爷爷与我讲的他的传奇故事，和他投入而满足的深情。我觉得自己偶尔还能听见我爷爷的嗓音，这个很奇怪，后来我和赵凰集讨论时，他说可能我爷爷个别的声音被录到石头里面了，还有好多的石头记得他。我爷爷或许就和我们一样，会到黑石滩探秘、休息、玩耍，或许还在这里面对着大海高声歌唱过。我有时也怀疑，是否因为我在石头上寄予了太多的情感，在无限的静谧中我所听见的是自己的心声。

5

苏春尚看到我在博客上的分享后，说很想到我的小海岛来玩，也想在石头滩上打个盹。苏春尚是我的大学好友，虽然同住温州，相距算算也就一个多小时路程，但是实则有几年没见了。大学时，我还借用过一次苏春尚的出租房，和我的初恋女友黎晓婧约会，以便在房间里热吻。

见面时，我才知道他患上了轻微的失眠，经常睡不着。苏春尚和我、赵凰集都不一样，他一直目标明确，对生活充满了斗志，大学时就已经有了人生规划，每周外出做家教，考试前通宵达旦，拿到了双学位。人情世故方面也比我们懂得多，和几位任教老师关系都处得特别好。我谈恋爱的时候，他比我更加着急。

我约上了赵凰集，陪苏春尚登上了劈崖，上到望海亭时大家全身出汗了，依靠在防护铁链上看海景。我让赵凰集给我和苏春尚拍了合影，可以看出苏春尚很开心。下到黑石滩时，苏春尚已经累得气喘吁吁了，他说自己从来没有到过这样幽静的石滩。他沿着石滩自然形成的小陡坡滑下去，脱了鞋踩水。赤脚踩在卵石上，不习惯的人，脚底会感到微疼。我们一起在海边大喊大叫，声音一下子就被潮水洗涤卵石的声响给掩盖了。我带他看了黑石滩旁的一个天然山洞，要退潮时入口才出现，苏春尚发现了他从来没有见过的草履贝。玩累了，我们就坐在石头滩上休息。赵凰集选了一个有礁石的阴凉处，而苏春尚学我直接躺在大太阳底下，他很快在卷石的浪声里睡着了。他睡醒后，和我说他听到了石头的呼吸，像是他老家山里的溪水声。

我们在黑石滩上一直坐到了暮色已至。苏春尚问我他能不能捡块黑卵石回去，我说这个还是需要征得石头们的同意。苏春尚挑选了一颗黑卵石，询问了它的意见后，高兴地说石头同意了，不过石头还说如果等到有新生的石头长出来后，需要将新石头送回来，不管路途有多远。苏春尚说他发誓会做到，一定会好好养护分身石的，请我放心。他始终认为分身石是有生命的，类似于珊瑚。我说这个是你自己的承诺，能不能做到要看你自己了。

那天晚上，我请他到群岛最地道的渔家乐用餐，点了苦海酒。苏春尚吃着海鲜，喝着让人回肠的苦海酒，难掩自己内心的激动，不时拿出黑卵石看一看，已经开始策划要将分身石发扬光大了，让我有点不知所措。苏春尚说应该把分身石传播出去，或者开个听石的课程也可以，他建议我们弄个电子设备将黑石们的歌唱之声给录下来，说等他回家就好好去查查关于分身石的资料。

苏春尚是个行动派，回家的隔天晚上，在三更半夜给我打电话，心情激动地说他查到清朝瓯越秀才吴旭仁的一首诗。吴旭仁或许就来过我们的岛城，苏春尚在读完几句后，就通过短信将全诗发送给我，后来他还请了一位认识的书法家将这首《息石》抄录在一把纸扇上，交给了我。全诗如下：

> 我本昆仑石，南吞日月华。
> 鲧偷天北极，禹弃海东涯。
> 春去闻新雁，秋来望落霞。
> 谁人歌越谚，万古一长嗟。

我读出了吴旭仁诗中郁郁不得志的感觉，推测这位瓯越秀才肯定没在分身石滩上好好坐坐，不然他体会到的会是宁静的力量。不过，苏春尚不同意这样的说法，他说我们还是要看他总体上的气度，没有见识过分身石的人恐怕写不出来。我再次见识到了苏春尚身上使不完的劲，他说要策划拍摄一期纪录片，要我和族公都出镜，需要和我推敲分享一些话题，并搜集分身石的一些历史、故事，他还要我负责采写文稿。

在苏春尚的忽悠下，我和赵凰集振奋地投入到我们首部独立摄制的片子中，让我充满了目标感。那段时间，我们每天都像是打了几管鸡血一样，三人分工合作，都没感到累。我负责搜集素材和整理文稿，苏春尚找外围影像资料和搞编排，赵凰集学摄像、搞后勤。我很喜欢一起讨论文案的氛围，赵凰集善于提出反对意见，苏春尚比较天马行空，而我的想法总是更具有操作性。我们商讨的文稿是从女娲补天所剩的石头说起，再讲到大禹的父亲鲧治水时盗息壤的传说，再回到东南沿海那被遗忘的分身石身上，列举了吴旭仁的诗作，分享杨府庙分身石墙的故事，讲到了劈崖的险峻和黑石滩的幽静，并请族公和其他三位老人介绍分身石曾经发生过的几个故事。

其实我们很容易预料到专题片最终的失败，因为当时我们初次拍摄，采用的脚本相对比较抽象，缺乏对分身石分身事件的科学支撑，完全像是在讲述一个传说，最后视频上传至论坛后浏览量寥寥无几。当然，我们丝毫不为挫败所动，我、苏春尚和赵凰集经常吹嘘说我们仅仅用了大几百块钱的预算，就拍出了这个世界上首部有关分身石的纪录片，仅仅这一点就足够牛的了。

6

当赵凰集这个理科生提出对分身石分身现象的质疑时，我觉得有必要发明一个神性装置，来证明给类似赵凰集这样的驽钝之士看看，以便更加切合当代人的认知和理解，我知道他是故意的。当时我天真地以为只要我能客观证明分身石的分身事件真实存在，这个世界对它的珍视就会更重一些，后来才知道其实这都是不能实现的，而分身石并不需要谁去证明它的存在。

　　当时的我像是重新爱上了这个世界，或者说是第一次爱上了这个世界，感觉自己受到了神圣的眷顾，有着无穷的创造力。我和赵凰集夸下海口，我要制造出一个分身石孵化盒。我设想的原理非常简单，只要在密闭的空间里放置一定数量的分身石，而后只要多出一颗石头即可证明分身现象的真实性。

　　分身石孵化盒的制造是给自己最好的馈赠，我才知道光靠热情是不足以成事的，而生活的惰性和阻力无比之大。我没有意识到在纪录片上传完成后，我们的三人组小分队实则已经解散了。苏春尚毕竟在市区，他开始筹备他和未婚妻的婚礼了。赵凰集又出海开始捕风了。我提议我们三个人各自弄一点启动资金，组成一个实验基金，却没有收到任何回应，我就独自做起了实验。

　　我后来清晰认识到分身现象并不会凭空产生，需要充足的条件，分身石只有在适宜的情况下才能分裂、复制，它需要一定的日照、湿度，需要其他石头作为催化剂，最好是王岛上的暖石，还需要接受祈愿或者互动，而孤单的分身石很难孵化。这是我摸索了十多年后才搞清楚的，而当时纯粹靠模糊的认知完成了实验。

　　我设计的孵化盒有点像医院里的育儿箱。为了省钱，我自己动手购置了有机玻璃，用胶枪粘贴出了一个透明箱体，上面钻了一些小孔，方便海水流进流出。我才知道有机玻璃的价格并不便宜。因为搬运石头太重了，我选取的孵化地点就在石滩上，反正那里基本也没有人烟。我选了石滩上一个中间位置，涨潮时海水可以漫过。那段时间都是晴天，阳光充足。我在箱体里堆放了一百块黑卵石。等过完一周我又下到黑石滩检查时，箱体一边的胶已经有点脱落了，幸好可以看出卵石并没有跑出来。为了记录，我打开了手机，才发现没有带手机脚架，只能将就着用石头堆成一个石堆，把手机立在上面拍摄。我把自己的外套脱下来，数过的石头放在外套上。我数了两遍，都是一百零一颗。

我又做了几次实验，对孵化装置进行了改良。有机玻璃的拼接不再用胶枪，而改成了焊枪。我购买了落地支架，方便自我拍摄。每次拍摄时我都会说明当时的时间、地点、场地、温度等等要素，并拍摄我所记录的数据变量表格及相关参数。我对箱体里的每块石头都进行了阿拉伯数字的标记，以方便确认哪一块是新生的。每次看到那新生的分身石时，都让我激动万分。新生的分身石通常颜色都异常乌黑，很像是小朋友的瞳仁，一眼就能辨别出来。当然我无法确定哪块是母石。

其实孵化实验并不难，关键在于要投入时间和精力，而那个时候我的时间和精力刚好是无穷的。来去劈崖、上下黑石滩的时间本来就比较长，这个过程又等于是户外作业，需要克服很多变数。入冬后黑石滩的海风特别妖冶，已经不适合我做分身石实验了。有一次一阵大风吹来，将石滩上穿着大衣的我像风筝一样抬高，幸亏我保持了镇定，伸开双臂抱住了一棵大树，像一只逆风的白鹭。等风势小后，我才站稳下来。在和分身石打交道的过程中，我总觉得自己变沉着了，经常无缘无故感到心情愉悦。那种愉悦很纯粹，并没有附加过多的意义。

分身石被验证的事情，开始在我们岛城间传开了。我根本没

有想象到民间的想象力之丰富，居然有人托我妈向我讨要新生的
分身石了。我问我妈他们都要做什么用，我妈笑着说，讨要新生
分身石的人基本是想求孩子的，我才知道岛民依旧相信分身石身
上所具有的天然繁育的力量。多年之后，在我准备生二胎之前，
我妈按照岛城民间又慢慢恢复的土方法，要了我刚孵化出的一块
新的分身石，将它放在床底的一只瓷碗里，每天浇点海水，说是
要帮我祈福，据说这个土办法特别灵验。

7

分身石实验是我完全靠个人之力完成的首个挑战，所以我就
将自己的愿望清单称为"分身石挑战计划"。以前我常常寄托世
界末日的到来，现有稳固的一切都会分崩离析，我就可以抛下一
切，去过冒险的流浪生活了。我总在夜深人静之时，在脑子里盘
算着要去做哪些好玩的事情，我会用一个小本子记录下来，而从
未去尝试过，可能就是缺一颗小小的分身石压身。

我觉得有一种比孤寂更加深沉的力量，回到了我的体内。我
挑了那颗我首次实验成功生出的分身石作为我的幸运石，揣在我
的口袋里随身携带着，我还给它取了一个名字叫"苍耳"，因为
那颗石头上杂有绿色的纹理。那小小的黑石头，含藏着生生不息
的潜在力量，让我从容了很多。我有时候手伸在口袋里握着它，
会感觉自己是身怀宝物之人。

我忽然想起了儿时的一个奇怪的愿望——捡破烂。第二天是

周末，天刚亮我就出门了，上衣口袋揣着我的幸运石，将些许干粮、一瓶矿泉水塞进一只编织袋里。我坐公共交通转到了邻县，在车站下车后我就近埋头捡起了破烂，主要是塑料瓶和硬纸板。受赐于分身石的魔力，我战果颇丰，轻而易举捡了几百个饮料瓶和一些硬纸板，让我来去一家收破烂的小站好几趟。当我背着满满当当的大编织袋走街串巷时，我感觉无比轻松。午餐我捡了一位小孩丢进垃圾桶的大半个汉堡吃，汉堡裹在包装盒里，拆开来时还非常干净。那天所赚的钱其实很少，还不及我的路费，但是我用换来的钱在面摊点了一碗热气腾腾的鸡蛋面，吃得津津有味、满身流汗。

我养成了将我一闪而过的点子随时记录下来的习惯，不管那些点子是否属于妄想，有些好的点子就列入了我的"分身石挑战计划"，再利用碎片时间去完成自己设定的计划，这过程充满了未知的乐趣。有次我陪好友到市区文化路办事情，路边有一位民谣歌手正在卖唱，我等他收摊后请他到路边小摊吃烧烤，喝了好几罐冰镇啤酒。因为我忽然想起了，我所列出过的一条挑战计划是：请一位陌生的流浪歌手喝酒。半年后，歌手阿狂突然给我打电话，说流浪到了我们岛城，正在鱼获码头卖唱。我请他下到了黑石滩，他坐在石滩上，弹着吉他高声对着浊浪和黑色石头们唱了一个下午，虽然他的歌声几乎都被淹没在浪涛声中了。后来，我发现黑石滩上有几块石头记下了阿狂当时所唱的歌谣，它们在潮水之声中唱着。

这些小挑战的实现，让我在平淡无奇中保持着活力。我在论坛上发起了一个"分身石愿望接力计划",我选取了五块乌黑发亮的新生分身石,寄送给五位想实现自己愿望的人,等自己设定的愿望成功时,要把分身石转交给其他想实现愿望的人,并在论坛上跟帖讲述自己的故事。这个接力计划一开始不温不火,但是没想到它的生命力如此顽强,在十年后的今天还有三块分身石在接力着自己的故事,陆续有人在那三个帖子下跟帖,讲述自己的挑战。

我很喜欢看帖子下的跟帖,很多人的挑战其实很简单,但之前就是难以完成,比如说爬上城市最高的台楼,坐双层巴士在城市里兜一天,画下人生的第一幅油画,跳进大海里游泳……看着这些最简单的愿望被实现,我总感觉很温暖,有一种我也在场的喜悦感,很想在完成的那一刻去抱抱他们。

最让我意外的是,我接到了一位接力者给我的电话,说她正在我家门口,问我能不能下楼见一下她。那天早晨,我连头都还没梳,只是刚刚刷过牙。我见到了一位很年轻的小姑娘,感觉就像是一位高中生。她说她的挑战就是来见一次我这个"分身石愿望接力计划"的发起人,并且拥抱一下我,没等我反应过来,她就张开双臂抱了抱我的胸膛,让我简直不知所措。然后她就转身走了。受她的影响,我想起了和黎晓婧恋爱时有过的一次约定,说是等桃花盛开时去赏一次夜晚的桃花,而那是我所列的"分身石挑战计划"中少有几个甘于失败的计划之一。我通过黎晓婧当时的闺蜜知道了她现在的住址,在一个周末买了车票来到了黎晓婧所在的江苏的一个小县城,带着我精心给她写的一封信和两只手电筒，在她会经过的公寓门口等候，直到我看到她欢欣地挽着她男朋友的手出门，我在他们身后走了很长的一段夜路，而怅然决定放弃那个计划。

回到我们岛城，我第一时间来到了黑石滩，对着分身石们讲述了我当时的心碎和彻底放弃后的释然，我给石头们读了黎晓婧从来没有读到过的信。我养成了一个习惯，总是喜欢一个人到海边走走，踩踩水，在黑石滩坐坐，对着分身石们述说我生命中微不足道的故事。我又对着石头说我喜欢上岛城的一位纯朴的短发姑娘，是在小岛教书的女教师，而我很惭愧自己只是一个游民。我对着石头们说着我的喜悦或者悲伤。我知道有一天，或许要在很多很多年后，还有像我这样无所事事的人来到黑石滩，意外听懂了石头们古老的语言，听见了我不经意录入石头里的心事，然而只要稍一分心，就听不清了，只能听见潮水滚动着卵石们所发出的一浪接着一浪的白噪声。

光

谱

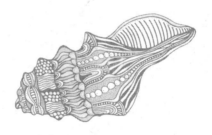

1

一下子就过去很多年了。我还以为那个时候，我就已经提早进入了中年，没想到相对现在而言，那个时候的我充满了激情和创意，那或许是我人生之中的一个黄金年代。

我还记得满场的玫瑰花瓣从顶幕上撒落下来，那位二婚的新娘当场泪奔了，而我穿着红马甲站在她的不远处。其实这种唯美的场景并不足以触动我，但或许受满场玫瑰花气味的熏染，让做志愿者的我的脑子中突然产生了一幅和白弋重办婚礼的逼真画面。

而让我下定决心要重办婚礼的，是在我继续以婚礼志愿者身份参加的那场摩托婚礼上，那是我脱离巫洁后独自设计的一场艰难杰作。上百位来自天涯海角的陌生摩托车手看到了我们在网上发出的邀请帖，风尘仆仆来岛城参加了那场特殊的婚礼，在老摩托车手新郎和他的娇羞新娘亲吻的那一刻，岛城上万摩齐鸣，比我和巫洁当时精心策划过的演唱会婚礼还要壮观十倍，附近镇上的狗全跟着叫了。

我回想自己和白弋一本正经的婚礼，太过于应付，是很单调的中西合璧拼凑仪式，缺少灵魂的注入，没有任何让人印象深刻的设计环节，不免让人遗憾。要完成我的心愿，我只能重新去找巫洁，因为她无疑曾经是我的女友，又是我生命中不可代替的灵魂搭档。

带着一种愧疚，我又一次回到微光婚庆工作室。见到巫洁时，我似乎还有点尴尬，有很长一段时间我找不到回来的理由。当我和巫洁说起我的心愿时，她埋怨又深情地看着我，扑哧一下子笑了出来。不过我坚定地说，我付费的。她说，那就好，给你补办一场难忘的婚礼，让你的老婆大人感动到流泪。

巫洁是我的前女友。我没有告诉她，当我第一次踏进微光婚庆工作室时，我所感受到的淡淡的莫名兴奋和忧伤，很像我突然决定跳进珊瑚丛中潜水。产生这种感觉时，我正看着透明衣橱里的各式婚纱，翻滚的白色纱料像是月光海洋，翻滚的泡沫在明亮的浅光映照下相互拍打着。化妆台上摆放着各式的粉饼、化妆瓶，空气中有一股浓郁的香味，倒是让我不适应。

会客桌旁的墙上挂了一大幅油画，有很多颜色线条块，笔法有点幼稚，但是很大胆，我一进来就注意到了。我真的是好久都没触碰艺术了。我站在那幅画的前面看了很久，似有所思。

2

在我第一次踏进微光婚庆工作室，向巫洁提出我要当工作室的婚礼志愿者时，她有点蒙。她不理解世界上还有婚礼志愿者这回事。她说见过十字路口站马路的志愿者，没有见过哪里还有婚礼志愿者。我说那是你浅见了，在台湾就有，我在某年去台湾旅游时应募参加过。你可以当我是来体验生活的，不然我实在无聊。

看向她时，她的目光里隐隐闪耀着异彩，我觉得她肯定误会了，但也不好说破，毕竟我有求于她。我好多年没见过她了，不清楚一心想当画家的她何时经营起了一家婚庆工作室。

　　我和巫洁都没想到我们的合作竟然会如此成功，我们甚至一起触摸到了理想国。生命中这样的黄金阶段或许不会再来了，在一年多时间里我从未感觉我是那样意气风发、天马行空、肆意妄为，我们将岛城的婚礼事业推进到了天花板的高度。

　　我帮巫洁策划了这个岛城最著名的天空婚礼，那场婚礼登上了国家级《天空日报》的生活版，这是我们之后分道扬镳又聚在一起时常会聊起的话题。挑剔的准新娘找到微光婚庆工作室时，我刚好在场。她幸运地遇见了正处于精神内在不断转向生活实践的心灵蓬勃期的我和巫洁。

　　准新娘似乎并不关心婚纱，她无意中对准新郎抱怨说，你不是说要带我去坐热气球的吗？都没实现过。准新郎支支吾吾。我插嘴说，那为什么不来一场天空婚礼？我提议的声音很轻，但是在场所有人都听见了，巫洁后来说那个提议像是水滴的声音。

　　巫洁很期待我的突发奇想，让我具体说说。我说可以在飞艇上举办婚礼，西式婚宴安排在草坪上。在我描绘蔚蓝天空作为婚礼背景时，我发现准新娘在深情地看着我。准新郎可能是害怕准新娘会在顷刻间爱上我，在确认了婚礼的筹办价格和普通婚礼持平之后，他立马答应了下来，让巫洁都感觉有点措手不及。

　　在准新人走后，巫洁忽然意识到了难度。天空婚礼还只是一个概念，更重要的是去哪里弄飞艇。我说不要担心，会天遂人愿的，那个时候我们似乎总是能够得到天神的眷顾，感觉所有遇到的难题都会迎刃而解。

盲目的乐观的确带来了意外。在我发朋友圈求助后，找过我们举办婚礼的煤气工小康帮了我们的忙，帮我们联系上了温州唯一一家在筹备期的飞艇旅行公司。刚从土耳其海归创业的吴函博士在我曾就读过的一个废校舍的操场上建造出了据他说是世界上最大的飞艇，舱体上可以容纳一百人站立，让那场不可能的婚礼上演了。他免费资助了我们，因为听了方案后他感受到了从未有过的激动。

在那场婚礼上十八位渔民出身的老人因为首次坐飞艇，在天空中呕吐了，包括一位船老大。他说那次的呕吐和他十八岁时首次登上捕鱼船时的呕吐一模一样。当飞艇升空，新郎给新娘戴上戒指时，来现场督导的吴函博士惊叫了，随着他的惊叫是更多嘉宾们的惊叫。此时，飞艇上空的云层上现出了天光，像天使的头发一样散开来。

这次的天光场景后来还一直为人津津乐道，或许只是凑巧，或许只要飞到天空之上还是常见的。有人拍下来了那不凡的一刻，但是放手机上重播时完全缺乏现场人心共鸣所产生的神圣感，因为像素太低了。巫洁在完美举办完那次天空婚礼之后，在草坪上激动难耐，几乎是闪动着泪花拥吻了我，在众目睽睽之下。

3

不过最让我们自我感动的还是替哑巴黄唱举办的声光婚礼。那位憨厚的小伙子在婚礼结束时向我们鞠躬，美丽的新娘涟漪带着感激主动灌了我一杯红酒，我的脸瞬间就通红了。

　　和巫洁策划黄唱的婚礼时，觉得重点还是要打破沉默，巫洁找了乐队，我觉得还不够，提议说要让哑巴说话。看到巫洁内心期待的样子，我就知道我的提法对了。巫洁说怎么弄。我说可能需要结合人工智能。

　　随即，我们找到了岛城最牛的人工智能创业者蓝皮。蓝皮很干脆地说没问题，他很有信心，可以全权交给他。我们当然心里发虚。巫洁的意思是去找岛城的"读心术"大师青衣大师，我说，青衣大师万一读多了呢？而且青衣大师开口替一位哑巴说话，并不一定能够让人信服，我们还是要弄点高科技的，才能有热点。

　　蓝皮说他所设计的人工智能设备，能捕捉嘴部至眉部的肌肉变化，只要再配合前期的交互数据，基本就能替哑巴说话。青年蓝皮非常投入，我们专程让黄唱和他用哑语、手语和新娘的翻译做出了二百个小时的黄唱大数据，再在后台录入了《世界 21 世纪恋爱学大辞典》的免费数据。在试验的时候，黄唱戴着头部表情抓取设备，开始说话了。在说出第一声的时候，所有在场的人都沉默了。小音箱里传出他的声音是：妈妈……黄唱重复了"妈妈"差不多有十多遍，所有为人父母的都体验过那种听到婴儿初声的激动，幸亏他的妈妈当时没有在身边，否则可能是要哭成泪人的。理工科出身的蓝皮也莫名受到了感动，我想后来他转向心理学修习，可能就是和这次的经历有关系。

　　为了尽量避免出现失误，在婚礼部分我们只安排了十分钟的特殊仪式，因为穿戴设备毕竟显得笨重。巫洁觉得首先要确保婚礼的整体浪漫，兴师动众请来了我们岛城最拉风的"鳌乐队"。
当"鳌乐队"的原创开场音乐结束后，司仪说，接下来即将上演
一阵心灵之旅，请大家安静。

在抬出、安装穿戴设备的几分钟里，新郎黄唱一直挽着新娘
的手站着，全场鸦雀无声。我比黄唱还要紧张。主席台上，只有
工作人员包括我这位婚礼志愿者，在为新郎戴上笨重的头部穿戴
设备。司仪说接下来，新郎将给我们致辞。呼吸声通过喇叭传
出来。

"地球，我爱你。"这是黄唱在婚礼现场说的第一句话，失踪
的声音让他像刚刚上岸的两栖动物，声音带着水汽，"涟漪，我
爱你""声音，我爱你""电灯，我爱你""妈妈，我爱你""《聊
斋》，我爱你"。黄唱把他心目中所能记下的所有物和人的名字都
念了一遍，紧跟着"我爱你"几个字，足足报了五分钟，中间甚
至夹上了他暗恋过的女孩、丢失过的宠物狗、他老家门前的小溪
的名字，那些在他内心沉寂了几十年的名字，都是第一次变成他
合成的声音，通过耳麦和喇叭播放了出来，圆形的声浪在婚礼现
场滚动着。新娘肯定也听到了新郎报诵其他女孩的名字，但是她
似乎并不介意，只是把新郎的手挽得更紧。

这个高潮部分因为单调而显得更加煽情，有点像幼儿园的
小朋友毫无忌讳地喊出这个世界上最有力量的话，没有人怀疑
这个就是他最真挚的心声。在十分钟的声音告白结束后，全场
静谧，新郎声音的特殊感染力让在场的所有人都推倒了心墙，
但居然都忘记了鼓掌，不自觉拥抱起身边的人。巫洁不自觉握
住了我的手。

4

果然白弋生气了，边气边哭，当着我妈和我女儿的面，让我非常难堪，虽然那个时候女儿还很小，未必懂得很多。盛极则衰，我意识到我不能再和巫洁搭档了。我死不承认地说，巫洁的拥抱只是工作需要，配合场景的需要，为了让我的志愿服务事业更加高尚，我当然没有讲出我内心的兴奋与遗憾与不舍与说不清道不明的那种暧昧。然后我说，既然你不想我再见她，那我就不见了。否则，我知道白弋会和我没完。

在担任婚礼志愿者的那个时间段里，我错以为已经摆脱了无聊，浑然已经找到了生命的方向，根本不能理解接下来的困局。接下来，是一段极为漫长的艰难期，无聊又回来了，在失去了婚礼志愿者的美丽体验之后，我茶饭不思，闷闷不乐，生活索然无味，茫然无措，找不到北，这个过程像是失忆，让我在图书馆临时工管理员的工作岗位上频频失误，像掉入了一个黑洞里，感觉自己生命的光被没收了。

在某天加班后夜归路上，我不知不觉逛到了微光婚礼工作室的门口。那天大面积停电，我看见了门里面微微晃动的烛光。我像往常那样推门进去，发现巫洁就在里面。我们两在闷热里聊天，和她回忆一百位伴娘婚礼、残疾新娘婚礼以及我们每次必聊的天空婚礼的各种情节。我问巫洁，你想不想办一场天空婚礼？她说她其实想去流浪。在一小瓶红酒的催化下，我感受到了她内心的孤单，出于同样的孤单，我紧紧将她搂住，和她热吻，突破了原来我在当婚礼志愿者时所坚守的道德底线。在微光工作室的隔层上，我和巫洁在地上翻滚着。周边的颜料打翻了，让我的腹部染上了几年都擦不去的七彩色。

在我们共享欢愉之时，巫洁问我，还想不想再来工作室担任婚礼志愿者。我说想，但是……我没能恢复在微光婚礼工作室的志愿者服务工作，我依旧惘然若失，巫洁的身体所带来的刺激其实并不能弥补我生命中的缺陷。

当我意识到我内心的最底层需求其实还不是巫洁时，我自己都吃了一惊，像是受到了惊吓，差点要哭了。意识到这个问题时，我又坐在了空荡荡的婚庆工作室等巫洁，她还没有出现。我站起来走走，对着墙上的那幅画端详，忽然像是记起了什么：那幅画是我送给巫洁的，我居然已经彻底忘了。

5

在我明白了内心的真正渴望之后，我又当上了婚礼志愿者，只是这次不再和巫洁搭档，而是怀着对白弋的愧疚。我变成了纯粹的志愿者，打着游击，只能偶尔为之。或许因为缺少团队，每次前期介入的参与度都非常不足，我的热情和想象力变得非常苍白，也可能和我早已钝化的艺术细胞有关。在失去想象力后，志愿服务工作更多要靠耐力。这个过程稍微显得枯寂，但是聊胜于无。

我也不再穿红马甲，有时候我站在一旁帮忙，甚至会被当成服务员使唤。出彩的婚礼几乎没有了，只能体现在一些细节上。

我期待能够与巫洁再次合作，不是因为爱情，这个我非常清楚。只有少之又少的几次，因为因缘际会，我才能重温盛时的感觉。在很凑巧成功的那次岛城摩托婚礼上，所有的摩托车一起鸣响了喇叭，我想到了如果要重办我和白弋的婚礼，只有请巫洁出马，才可以尽情完成我的婚礼设计。

巫洁听到我提出的建议时，半开玩笑似的答应了：反正你付钱。她说，这次轮到她当志愿者了。巫洁并没有见外，她甚至非常兴奋。难度在于如何名正言顺地举办婚礼，因为我们这个小岛，还没有人故意重办婚礼的，那必定是很奇怪的事情，会招来很多闲话。我回忆和白弋相识的阶段，那个时候因为岛城的一次国庆演出我们相逢了，我们共同出演了一个小话剧。在我诉说的过程中，巫洁激动地说她想到方式了。

最后那场婚礼选在了中心剧院，办了一场叫作《追光婚礼》的实验剧，剧情非常简单，就是以后的我，也可能是很多人最单调的生活写照，一个中年男人因为愧疚想为自己的老婆重办一次婚礼。在剧中，我和白弋都比当时的我们更老一些，本色演出了我们中年的平淡生活，不过背景音乐特别棒，最后所呈现的艺术效果超过了我们的想象。背景舞台设计我们请了我们的大学艺术系老师，更没有想到到场的很多观众看得非常投入。

白弋穿着雪白的婚纱，简直美极了，像是重现了当初我在排练场看着她一个人在背诵台词时的样子。在我和白弋重办婚礼，在众人面前倾情接吻时，现场的所有观众都站起来鼓掌，掌声雷动，久久不息，让我们沉浸在比婚礼更加梦幻的氛围里。作为一名已经离过婚的壮汉，海小瑞在路上碰到我时说，那场婚礼剧把他感动哭了。这个是我完全没有想到的。

那种沉浸感会保持一段时间，白弋很满足，在结束时她主动拥抱了巫洁，感谢她给我们策划的二次婚礼。

6

巫洁依旧是我心目中的女神，倒不是因为她漂亮。巫洁的变化的确比较小一些，也许是因为离异而没有孩子，我以为她一直未婚。有一次，在她向我借钱时，我问起了她如何保持青春容颜不衰的秘密。她说我瞎说，她老了很多了，是青春的尾巴了。

每次见巫洁，我都有看海上日出的感觉。她乐于谈论如何策划更动人的婚礼，她投入的状态仿佛在燃烧，平淡无奇的我总是能够在她的激情里找到火焰的形象。这个形象和我平时哄她时给我的感觉很不一样。在谈论艺术布景时，她总是显得很纠结，比我更兴奋。有时候我感觉她瞬间变成了一位哲学家，如果把她那些阐释的话整理出来，就可以变成《巫洁语录》。后来白弋也这么说，说每次听我讲婚礼现场的那些故事和片段时，总感觉我像一位哲学家。

我问为什么美术系的尖子生却要沦落到从事婚庆行业。巫洁说，她选择将自己笼罩在最初的光里。她说她喜欢那种唯美的场景，婚礼现场就是人间所有悲欢的化解之地，是生命之旅的某个开端之处，所有的恩怨都会隐藏在那一场喜庆背后，世界依旧像是初创。在离异之时，她经历了太多悲伤，她发了一个誓言：决不再让自己处于悲伤之中。她只想经历幸福，赚钱养活自己并不是她的真正目的。

我差点成为她的教徒，准确地说是粉丝。或者说是介于粉丝和教徒之间，除却我和她的暧昧关系之外。在她的分析之下，我甚至也明白了我为什么要如此反常地钟情于婚礼志愿服务活动。

巫洁说，她很享受那样的时刻，新人在迎宾时调动身上所有关于未来的喜悦细胞，向所有光临的客人致以微笑，很多人会和他们握手、拥抱，很多长久不见的亲朋会远道而来，带着祝福。她这样说话的时候特别迷人，仿佛带着光圈，那道光圈将所有散发掉的光都重新收拢了回来，合成为一圈白色的光。

其实我也明白，我对巫洁的喜爱某种程度上和男女关系无关，我的内心或许非常自私，我只是希望自己也能够像她那样常常处在兴奋之中，拥有一种幸福的能力，我发现我也可以选择让自己一直处在欢欣之中，在一切都还是软弱之时。

7

那种纯然的快乐拥有毒性，让我不可自拔。为了能够长久体验那种纯然之乐，我忙着辞去图书馆的工作，开一家小小的"分身石工作室"，我都说不清楚"分身石工作室"的具体业务范围。在我递交辞职信后，白弋和我吵架了，我了解她内心所存在的对未来的担忧，那不是一场剧场婚礼所带来的浪漫所能填补的。她说，你去找那个狐狸精吧，都比辞职好，家里一分钱你也别想动。

我说这个是两码事。我像是受到了生活的侮辱，有种抱负不得施展的落寞。在几天冷战之后，我和白弋都妥协了，她允许我偶尔可以再和巫洁合作。不过后来巫洁分析说，她觉得白弋也看到了那股火焰，她可能也惜才，只是觉得不能够破坏目前看似平静的生活。

和白弋吵翻了的那晚，我摔门而去，心中不免愤懑。像是夜间流浪的动物般，我在夜晚的岛城上漫无目地走着，遇到熟人匆匆而过，我看到快递员婚礼的主角快递小哥张武坐在他的小电驴上迎面向我大声打招呼，我装作没看见。也好，就算运动吧，为了能够踩够一万步。十一点多了，我又经过了微光婚庆工作室，我开了门进去，当然这次巫洁没在。

我给自己泡了一杯咖啡，坐在会客区慢慢喝，反正也睡不着。端端咖啡，我又站到了那幅送给巫洁的画前，看着那些抽象的色块，在脑子里搜寻着我当时送巫洁画时的情节。我问过巫洁墙上的这幅画叫什么名字。她说，这个不是要问你吗？你忘了叫《光谱》吗？

当记忆一段一段回来时，我自己都吃惊了：那幅《光谱》是我画的。我和巫洁在同一所大学就读，因为是同乡的关系，我们的来往愈加亲密。我们的恋爱非常单纯，富有艺术气息，会因为一点小事而闹别扭，僵持到分手。在巫洁的激发下，我有一段时间想当一名画家，想要创作出能够传世的杰作。在和她恋爱的某个阶段，我借着巫洁的画笔，把自己关在乌黑的画室里面创作了那幅富有现代派风格的画，取名《光谱》。那的确是我生命中不可复制的心血之作。只是我居然忘了。

我当时之所以送给巫洁，其实和恋爱关系不大，更多是因为她是少有的能看出我身上所蕴藏的艺术之光的人。她看懂了我的画的意境，说我在画太阳。作为一位师范学院里的非师范理科生，我经常向女朋友巫洁解释光的折射、光的波粒二象性等问题，我说取名《光谱》只是因为我想让人看见那些纯白的光，经过棱镜折射所映照出来的多色之光，每一道都依旧纯净。

还有很多光，我们肉眼根本看不见，对于肉眼凡胎而言，光隐藏了自己。我知道自己为什么会选择性遗忘这个事件了。当我想清楚我为什么故意忘了这么多年，我又回家去了。

那个时候天已经蒙蒙亮了。我推门进去，发现家里的门没锁，我看了一眼儿童房里的女儿在睡梦中无辜的面孔，回到了主卧，钻进了白弋侧身躺着的被子里，从背后抱住了她，感觉到自己分散掉的一部分光又回来了。

海神像

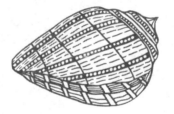

那天郑骐骥喝醉了，情不自禁地向我倾诉他内心苦苦掩藏的秘密，带着哭腔，当然他没有真哭。他一会儿说自己把"杨公"弄丢了，一会儿又说"杨公"是自然消失的。我弄了很久才明白他所说的"杨公"是一件根雕神像作品。我没见他那么主动喝过，一个大男人又要哭又要笑的，矛盾至极。酒酣之后，他站起身来，举着酒杯对着天空唱越剧，那感觉像是仙人要飞升的前兆一般，让我捉摸不透。

郑骐骥是我们岛城知名的青年根雕师，原名叫郑改革，改革开放初期出生的，我的发小，现在也步入中年了。多年前我开始在《群岛文艺》内刊上发表文章，博得了一点小名气，郑改革吹捧我说我这小子将来注定要成为岛城的大文豪，问我能不能为他取个漂亮点的艺名，古朴典雅的那种。彼时，他刚刚受邀参加过南京举办的工艺博览会，开始有人称他为工艺大师了。他意识到郑改革这个土气的名字与大师的气度尤其不搭，需要包装改良自己，就遵照岛城手艺人不息的传统，在出名前请文人取个艺名。他说麻烦我费心了，表现得极度谦虚。

我把玩着郑改革送我的花生串木雕小件，心生欢喜，一口答应了下来。那时候我正在读屈原，就选了《离骚》"不抚壮而弃秽兮，何不改乎此度？乘骐骥以驰骋兮，来吾道夫先路！"中"骐骥"一词为郑改革取了艺名，他也不问这是什么意思，觉得好听，就制作出了烫金印着"郑骐骥"三字的名片。我倒很喜欢到他的工作室转转，其实就是一个仓库，看看他又搜集了什么奇异的木头、树根一类的。靠门墙边摆呈着一截从穷岛沙滩挖出来的万年树干，已经成为树化玉了，整体乌黑发亮，我很喜欢蹲着看，而他老说我没见过世面。

郑改革几乎什么都对我说，说他的老婆是性冷淡，说他的儿子的指纹有十个螺，说梦中曾有位白胡子老爷爷送给他一把明亮的刻刀，他醒来后按照梦中的样式自制了一把，那把刻刀我倒没看出什么名堂来。有几次，我看他欲言又止，知道他一定深怀什么不便透露的秘密，当然我也不点破，我知道某天他受不住秘密的压迫，就会主动倾吐的，他就没几个好友。我没猜错，他说自己要醉一次，酒气里说自己苦恼许久，这个秘密陪四十岁的他掩藏了八十多年了。前村一郎都没带走它，那绝对是一件北海道前村家族的老工匠都做不出的神作。而现在"杨公"却消失了，他不知道自己该不该将它身上覆盖了几十年的大漆给剥掉：

　　说出来让人难以置信，连我自己也时常怀疑存在一尊叫"杨公"的根雕，以为它和我脑子里如此深刻的"前世"记忆一样都是幻影。然而朱红色的"杨公"就搁在面前，你能闻到樟木浓郁的香味，可以伸手触摸到它保留了根系特点又删繁就简而留下的纹理。如果你熟悉雕刻艺术，你肯定会无比错愕于这件作品雕工的大胆和它艺术的高度抽象化，那绝对是出神入化的作品。如果你仔细看，会看到作品的角落朱漆剥落，剥落的内里仿佛是透明的。我应该满足于此的，但是那想恢复其原初之状的愿望像梦魇般捆住了我，让我终于无法自禁，怀着激动而崇敬的心情，慢慢开始剥落它身上的朱漆。我没有预料到的是，朱漆似乎早已经成为它身上的皮肤了。

　　我脑子里储存有岛城昔时一位叫周麋芜的木雕大师的完整

"记忆"。可以这样说，我像是活了两辈子。周麋芜的"记忆"一幕幕在我梦境里和发呆时出现，而与普通梦境不同的是那些情节在我醒来后，带着凿子般刻画过的印迹。我自小就认得各种木料，甚至能直接用方言说出它们的种类。放山野时，我摸到树木粗糙的皮质，不像别的小朋友那样想借它的摩擦力爬上去掏鸟窝，而是很想剥掉树皮切开木头看一看里面漂亮的纹路，一圈圈的年轮，我总是能够闻到木头干燥后经久不散的香味和木屑飞舞时所产生的略微刺鼻的气味。

我很小就喜欢摆弄各种木匠工具，对木工刨、锉刀、起子、手工锯一类的铁质工具怀有亲切无比的感觉，五岁时我用一把小刻刀雕出了一只橡皮玉兔。我的父母惊讶万分，拿着我粗拙的作品四处炫耀。父亲带我到木雕师王九营家，我被工作坊里铺了一地的木头刨花给迷住了，淡黄色的刨花卷曲着，散发着新鲜的香味。王九营老师傅缺了一根指头，戴着老花镜，让我跟着刻一朵莲花，第二天我就刻得有模有样了。

其实旧"记忆"对我造成的更多是困扰，儿时的我以现有心理学专业名词来说，甚至是有点"分裂"的。我经常能听到周麋芜的声音在和我对话，他的嗓音和我父亲有点像，苍老、沉静，他喜欢诉说清末和民国时期的老事。当我告诉我母亲，说我另有一位爸爸和妈妈，爸爸叫周铁海，妈妈叫叶红菊时，我妈被我吓了一跳。如若不是我自小表现出和普通小朋友不一样的天赋，她肯定会以为我中邪了。我妈找到了属于她自己的解释，说我是天资聪慧的孩子，特别喜欢听故事、编故事，而往往入戏太深。

我成了"故事大王"，开始向我的弟弟、妹妹，还有同村的玩伴宣讲我关于周麇芜的"记忆"，我觉得那样特别神气。"麇"字是上面一个"鹿"，下面一个"米"字，他们都没学过。我们甚至搭建了一个朴素的讲书场，每人轮流上去讲故事。我站在那张瘸脚的书桌前，拍一下惊堂木，就开始为他们惟妙惟肖讲述岛城的故事，那些都仿若是我亲眼所见，而村里面未经世事的小屁孩自然听得目瞪口呆，现任岛城文旅体局副局长郑大炮就是我当时的铁杆粉丝，还能讲我当时说过的几则小故事。

旧"记忆"像是一笔过于沉重的遗产，需要一把铁锁将其锁上。在我少年成长期的很长一段时间里，我甚至拒绝承认周麇芜的存在，将其划定为脑中的一块禁区。而那时候的我一度非常叛逆，经常和几个顽皮少年出去夜游，到海边的菜地里偷番薯、玉米，和一个留守女孩谈恋爱，那时不用说学习成绩了，连喜爱的雕刻手艺也荒废了。我爸妈在菜市场卖鱼，忙得顾不上我，只要我不闹出什么乱子就好。对我爱护有加的王九营老师傅因为心脏病忽然离世后，我觉得异常悲痛，才重新拾起了我的刻刀。

多年后，在我参加大学里的一堂心理学共修课时，我仿佛被击中了。课后，我独自留下来，问美女任课老师郭芳琪，能不能单独和她说几句话？靠近她时，能闻到她身上有一股榉树的香味。在接受了她几次单独辅导后，我才知道我的叛逆和一定程度上的分裂，与我脑中压抑着的周麇芜无处发泄的"怨气"有着深刻的关系。我慢慢学会了接纳，重新尝试与作为周麇芜的自己对话，将脑子里作为周麇芜的那部分记忆以文字的形式记录下来，名为《岛民前世笔记》，才逐步恢复了活力，甚至发现那是生命给予我的无与伦比的馈赠。

　　大学毕业后，我回到了老家，因为清闲，我开始了重寻周麋芜遗迹之旅。但令我诧异的是，当我真正开始寻找时，才发现当年在岛城负有盛名的周麋芜已经被历史擦得人影模糊了。他所住的山寮村是位于本岛山顶的一个小自然村，几乎成了空村，我去时只有一位老人还住在村子里，日出而作，日落而息，种了半个山坡的作物。我向老人询问周麋芜，他耳背听不清我所说的话，难以交流。麋芜居住的老石厝瓦片房顶塌了，墙身爬满了藤蔓。经过一番打听，他的担任过岛城岙口小学校长的儿子，并没有继承他的衣钵，七十岁不到就过世了。他的孙子经商，移居上海，清明才可能回一次家。他的根雕作品早已散失殆尽。

　　我知道周麋芜最牵挂的还是"杨公"，那是我"前生"的巅峰之作。我一直在寻找"杨公"，但是那更像是梦中之物。在岛城档案馆里，我意外查到二十世纪八十年代初期，日本人前村从二郎登上了我们的岛城，向县政府捐赠了一件根雕作品，作为中日民间往来的友好礼物。我托熟人，得到去岛城档案馆仓库查看前村从二郎所赠的根雕作品的允许，希望借之得到有用的线索。档案馆管理员林福源对我说他当时在场，前村从二郎遵从其父前村一郎的遗愿，远渡重洋，将名为《木之神》的根雕作品送到了我们岛城。我看到《木之神》时极为惊叹，其造型古朴，带着一种久经风霜的沧桑，又透露着刚毅，刀法老练，一看就知道是高手之作，而常年尘封在档案馆里，多少令人惋惜。我在那里待了整整一个下午，林福源老人说，其实前村家的愿望是将作品供奉在东南岙口杨府庙，而岙口的老百姓对前村一郎怀有遗恨，拒绝接受，所以这件宝贝就辗转沉落在这里了。

　　最近，我想到要去杨府庙礼拜一下，那可是"杨公"的母地，"杨公"所用的树根源于庙前著名的"哭树"，这么多年其实我都没有去过。东南岙口杨府庙建于清朝嘉庆年间，面朝大海，夏秋季站在庙前可以看见通红的日出，冬春两季日出点就会偏移了。我预感到"杨公"现在就在杨府庙里，那感觉非常强烈。为了表示虔诚，到杨府庙后我先点了香烛，向杨府爷祈求能如愿找到"杨公"。庙内很干净，几座神像，一个供桌，一排拜凳，四面是黑卵石墙面，也看不到什么特别的踪迹。但我"记忆"里有个小闸门像是被打开了，我忽然觉得应该绕到杨府爷神像背后查看，蹲下来看见基座藏了一个暗门，打开后看到一件被褪色红布包裹住的物品，我心情激动，展开来果然就是我心心念念的"杨公"，那感觉恍如离散的亲人重逢。

　　我找到了杨府庙当家余乃厚老人，说我想捐献两座香鼎，以请走"杨公"，因为这件尘封之物和我有所感应。余乃厚老人替我到杨府爷面前卜卦祈请，很高兴地对我说得到了杨府爷的允许。我运送"杨公"回家，简直魂不守舍。当我将它擦拭干净，再次伸手去抚摸它，过去发生的事情更是跃动到了我的眼前，那一刻我感觉自己就是在撤离前夕见到"杨公"时的前村一郎。本来我想用第三人称来回溯周麋芜的往事，但是我做不到，那样使完整的我裂开，叫我无法忍受，我知道郑改革和周麋芜是一体的。

　　我周麋芜，出生在清朝末年东海岛县，靠家传的雕刻手艺度日，最善根雕，祖上曾赴南洋学艺，做出的东西比较新潮。手工艺虽然辛苦，但是我自幼乐在其中，成了享誉一方的雕刻师。海岛虽然偏安一隅，然而在动荡之中，犹如波上小舟，在巨风大浪中自然也是不得安宁。1939 年，日本人乘着机船抵达群岛，以扼住瓯江口岸之喉，将太阳旗插在了我们这个小小的岛城之上。在这个无关大局的岛县，他们派驻了一支小分队驻扎，小队长换过两任，第二任小队长，名叫前村一郎，和矮小的大部分日本人不一样，他身材高挑。

一天，前村一郎的狗腿子——"和平军"队长王黑药堆着笑脸来到我家，说太君要请我去一趟司令部。王黑药皮肤并不黑，反而有些白净，憨厚中带着阴险，说来还是我的远亲。我忐忑不安，问王黑药所为何事。王黑药只说兄长不用紧张，是我拿手的本事。司令部占用的是本地渔港所在地一位豪绅的宅子。不过我们没有走进司令部，而是拐进了一旁的别院，王黑药说这是太君前村一郎的住处。我进了宅子，看到正堂挂在日本太阳旗下的弯刀，心中一阵发紧。

前村一郎，当时年纪不大，顶多二十七八岁，长相斯文，但是为人老辣。他让王黑药给我看茶，我仅仅是礼仪性地喝了两口。王黑药在一旁翻译，前村一郎说自己也来自一个岛县，祖上几代都从事雕刻艺术，在北海道负有盛名，他五岁跟着父亲学习木雕，对雕刻这门技艺富有深情。他说听说我是享誉闽浙沿海的根雕大师，想和我切磋雕刻技艺，请我不要保留。

前村一郎显得态度亲和，反而让我觉得无所适从，我在猜他的葫芦里到底卖什么药。太阳旗下的弯刀，一直让我心存忌惮。我只敢说，太君有何嘱托，尽管吩咐，我不过是一介工匠，能照办一定照办。前村一郎与我交流了技艺传承的几个问题后，才说出了他请我来的目的。他希望我完成一座"海神"根雕像，要成为能体现我最高水平的杰作。他给我一年时间，给最好的材料。作为手艺人，我的能力甚微，自身难保，好在他并没有难为我。王黑药将我送出了门，我一把抓住王黑药的衣袖问，前村的目的何在？王黑药说那肯定是事出有因，待今后再说明。第二天，王黑药将一块烧焦的树根送到了我家，表面裹着红布。王黑药和我说，这是"哭树"之根。

我见到"哭树"树根时悲喜交加。"哭树"被伐倒时，我就在现场。岛县东南岙口的杨府庙前有棵百年樟树，俗称"哭树"，世传在杨府爷诞辰日，有人看见树叶上涌泪无数。后来常有民众伏在树旁祈愿哭诉，眼泪打湿了树下的黄土，使树下的土地呈金黄色，仿佛镀上了一层薄膜，很多人的心愿皆得实现——病人转危为安，出海未归的家人漂洋归来。"哭树"也被奉为了神树，杨府庙香火鼎盛。日军侵华后，惨剧上演，也发生了几例地下抵抗事件，来"哭树"前流涕者不能计数，哭声震天。前村一郎欲从信仰上摧毁当地群众对侵略者的仇恨，带着王黑药领导的伪军，推倒了神像，当场鞭打几位伏在"哭树"前膜拜的农妇，伐倒"哭树"，将"哭树"的根挖起，当场焚烧了。此后几年，当地渔民们忍气吞声、死气沉沉，活得低三下四。

民间有传闻，"哭树"被日军焚烧后，前村一郎的小分队遇到了诸多怪事。特别是前村小分队在风平浪静之时出海，忽然一股横风过来，机船侧翻，有一个日本兵溺亡了，这个人正是负责伐树的日军一员，而往日他的水性极佳，民间都说那就是杨府爷的降罪。我猜想或许这个就是前村一郎让我雕刻海神的原因。反正命运让神树之根来到了我的手上，我知道自己完全能够以另外一种形式，让被焚烧的神树之根复活。

构思时，我脑子中浮现的第一形象就是杨家将们。杨家将是抗拒外敌的名将，一门忠烈，精忠报国，和关羽、岳飞一样是中国的战神，死后供祀不断，随着宋朝南迁慢慢又变成了海岛群众供奉的海神，俗称"杨府爷"，总在暗中激荡岛民誓死反抗的决心。作为一名工匠，我所能做的，就是在艺术上使"杨公"重现，使岛城民众受辱的心灵有所寄托，那么对我区区一个手艺人而言也就无憾了。当然，我明白这个作品的着意不能明显，前村一郎肯定不能忍受我所雕刻出的神像是一位战神，我必须模糊其形。

我知道只能追求神似，在那个时代，我没有见识过西方抽象派艺术，但是这件根雕的创作使我必须打破传统思维，避免采用我最拿手的形神兼似的雕刻手法，居然和西方抽象派的雕刻艺术不谋而合。我没急着落刀，差不多有半年时间，我都在琢磨，观察，考虑怎么下刀，导致那段时间我瘦了好几斤，茶饭不思，呆若木鸡。我全然将其他事情都抛诸脑后了，终于在心里孵化出了一个古拙甚至粗看有些丑陋的雕刻形象，那是我从未设想过的。王黑药来看过我几次，一直催着我动手，我告诉他不用替我担心，"杨公"已经呼之欲出了。

在接下来的五个月时间内，我每天的进展很慢，有时候一天只凿一刀。然而每一凿、每一刨都让我凝神专注，整个过程几乎没有出现过什么失误。那几个月里，我日食一餐，过午不食。有段时间，甚至滴油不入，忽略了饥饿。外面的世界战火纷飞，激战正酣，许多人无辜丧命。我沉浸在精神与现实世界的交融里，身体简直像是要消失了一般。

我为雕像取名为"杨公"。"杨公"实则是一个集体，因为杨家将本身就是一个大家族，我模糊我的作品。"杨公"在外貌上看，很是粗糙，形象特别不逼真，看不出具体的模样，站远了看隐约像一位扛锄头的朴素老头，却饱含着力量，有一股悲怆和刚正之气。

这无疑是我壮年时期的一件巅峰之作。我总感觉这件作品不是人力所为，只不过是某股力量借由我的身体，让一件纯粹带着深深精神寄托的作品诞生而已。在持续半年凝神静气的工作后，我双目的视力下降严重，看东西有些模糊不清了。在"杨公"接近完成前，我发现它开始变得透明，我越来越看不清它了，我还以为那是我眼睛的问题。不过那丝毫不妨碍我的冲刺，就算蒙着双眼，仅凭触觉及刻入脑中的图像，我也能顺利将其完成。

我度过了一个不眠的夜晚，那个夜晚我完全停不下来，沉浸在一种无比舒畅的创作快感之中。我知道它被完成了，可能会是我有生以来最为得意的作品。"杨公"完整地呈现在我的眼前，我像是能够完全看透它的木质纹理一样，透过它看到我所要表达的一切。它仿佛消失了，我也跟着消失了好一阵子。等我慢慢回来，我意识到需要将这件作品进行一些伪饰，我不能让它以最自然的方式暴露在日本人面前。我给它上了一层朱漆，虽然我明知道这样的处理方式对于一件作品而言，实际上是一种破坏。

我不知道等待我的会是怎样的命运。王黑药看到朱红大漆"杨公"时倒是很欣喜，可能就仅仅是觉得朱红色喜庆，一直夸赞我雕工了得，太君一定会满意的。在王黑药的护送下，我如约将根雕送至前村一郎的宅子里，心中惶恐不安。前村一郎尚未回来，王黑药将"杨公"放置在厅堂中央的一张边桌上，盖着染布，随即出门。一段时间后前村一郎跟着他回来了，穿着军装，眼圈黑浓，脸色阴郁，我的心中一沉。前村一郎请我再稍等片刻，他去里间换了衣服出来，穿的是日本的工匠服。换成工匠服让我放松了许多。

我掀开了染布，前村一郎看到"杨公"时，应该是吃了一惊，许久未动声色，像是怔住了一样。在很长一段时间静默之后，前村一郎缓缓蹲下来，用手很小心地触摸着"杨公"，表情非常专注，我屏住了呼吸。只听见前村一郎一阵唏嘘，我的心也跟随着他的唏嘘声七上八下。前村一郎问我雕刻的是什么神。我说没有指向哪位具体的神，或者他就是一群人。

前村一郎请我坐下，让王黑药看茶。他说完全没想到我会这样构思，说我的雕工一流，关键是这尊雕塑让他体会到一股凛然之气，有股难以说明的力量。但是更奇怪的是，他说看久了之后，觉得自己变得很通透，像要消失了一般，仿若是一片清澈的海水在翻滚。他说很奇怪，在那一股凛然之气之后，所体验到的是一种空灵。他说受这个作品的刺激，他一定也要雕刻一座名为"木之神"的作品，有个形象在他的脑子里出现了。

他说他要将作品留下来，观摩几日。虽然我心中有万般不舍，然而我却不敢说不，但也庆幸自己逃过了一劫。"哭树"剩下的根料都还留在我家中，我还可以再雕刻出其他作品。我绷紧了一年的神经终于松弛下来，之后立刻大病了一场，在床上足足躺了一个月。临近可以下床时,有个很重大的消息在岛城暗下传开,美国用原子弹轰炸了日本的广岛和长崎,日本天皇宣布无条件投降了。连我这个病人都听到了,我迫不及待地让我的儿子扶我下床,到街上走了一圈,看看是不是喜悦已经洋溢在岛城每个百姓的脸上了。实际上,那天的岛城静悄悄的。

我没想到那个晚上,王黑药再次敲响了我家的木门,说太君有请。我被搀扶着来到了前村一郎的住宅,再次颤抖的心还是立即察觉到了变化。我看到原来悬挂日本太阳旗的墙面变成了空墙,那把弯刀不见了,"杨公"就摆在厅堂中的边桌上。前村一郎穿着工匠服,手中提着的是他的弯刀,正在拔刀观赏。他请我坐下,让王黑药给我看茶,他指着"杨公"说,这个作品请我取回,君子不夺人所爱。他看着这件根雕作品时,总会想起他的曾祖父,他曾祖父身上有股淡然和说不出的力量。他说他总是感觉他有没看透的秘密,想请我为他明示。

见我许久没有开口,前村一郎让王黑药自行回去了,说单独和我聊聊。前村一郎的中文不好,说得很慢,但我完全能懂得他的意思。他说他们谨遵天皇旨意,马上会撤离中国,请我不用再怀有戒心。他只是想乘机再和我切磋一下纯粹的雕刻技艺,或许等他回到日本,他也会成为和我一样的一个匠人。这是一场纯粹艺人之间的交谈。那晚,我才真正看清了,他其实是一个比我年轻许多的青年。我不知道前村一郎有没有听懂,只见他频频点头。我说我起意的形象是杨家将,但是到了雕刻的最后时间里,已经没有任何具体的人了,那是一种无我的境界,没有人和木头之别,没有敌我之别,好像一切都是透明的。

　　前村一郎信守承诺，将"杨公"归还于我，几日后，他们驾船撤出了岛城。本地士绅组成了临时自管委员会接管，王黑药退到了另外一个岛上，重建了一支"自卫队"，消停了两年。解放战争期间，王黑药取得了国民党地方政府的默认，接受收编，作为一支地方部队又回到了本岛，驻扎在东南岙口。他又一次来到了我家，问我大兄弟好，带了些鱼肉。我知道他既然来了肯定是有所求，他说自己的司令部空空荡荡，需要有点宝贝压宅，看能不能借点根雕、木雕。我知道不好推脱，也不吝啬，带他到我的仓库，任他选，王黑药看上了一只一米长的犊子牛和一只开屏孔雀，说这个他喜欢。

　　我担心他惦记"杨公"，不过临走时，王黑药还是想起前村一郎重视的那个"杨公"，说想再好好看看。我带王黑药来到里间，拉开"杨公"身上蒙着的染布，在昏暗的光线中"杨公"显得更加神秘。王黑药高声说这个能不能借他。我顺着王黑药的话说，你要借也可以，不过还请三思。王黑药见我欲言又止，诧异地问为何。我说明人不说暗话，你应该知道这尊雕像取材自"哭树"之根，而"哭树"并不吉利呀。鬼子或许不讲究，但是你何必因为一块其貌不扬的烂树根而自讨晦气？王黑药哈哈大笑说，兄长你肯定是舍不得，君子不夺人所爱，他不太喜欢神像，他喜欢生动一点的，比如乌龟、蟾蜍一类的。

　　王黑药带走了犊子牛和开屏孔雀，不过一九五三年海岛解放，王黑药跟着国民党残余部队逃往台湾，这两座木雕他并没有带走。海岛解放之后，我进了互助组，当了好几年木匠。随后互助组又升级为合作社、人民公社，大家都叫我老周师傅，我收了一批徒弟，带头做门窗等各类木质建构及桌椅等家具，反正哪里需要我这颗螺丝钉，我就去哪里。王黑药的一个儿子王大航也成了我的徒弟，他的母亲曾经是王黑药的小妾，出身贫苦，被留弃在了岛上。回家后，我依旧会躲进自己的小仓库，沉浸在自己的小天地里，雕琢一些根雕、木雕。有时候会盘腿，对着"杨公"默默观看，茶饭不思。我的儿子比较出息，去师专进修，成了一位教职员。倒是我的小孙子周方阔从小喜欢跟在我身边，捣鼓工匠工具，我会给他做点坦克、手枪等小玩具。

有段时间，我很想将这尊雕像捐公，我找到文教局的张文志同志，将朱漆"杨公"展示给他看。张文志端详了很久，对我说："周师傅，这是好东西，但是这个作品既不是古董，也不是新中国的作品，是旧社会时期的产物。众所周知，这座雕像和鬼子有关联，再说我们岛县没有博物馆、展览馆，也没地方存放，还是请你自行珍藏吧。而且现在的新中国一穷二白，百废待兴，周师傅手艺好，还是要多带领大家做一些木工。"我便无话可说了。我不再想着给"杨公"找个好去处，我换了一块破布将它包裹好，混杂在一堆木头里。三年困难时期，我的木头被亲戚邻居都要光了，连几座闲置的雕像也被劈成柴火烧掉了。我将裹着破布的"杨公"塞到了床底，以免被误伤。

作为一名木匠，其实我只想着养家糊口、安度残生，没有预料到后来的风雨反而更加猛烈。我可能不太愿意记住我最后的那段日子，那些记忆过于痛苦，是我故意将之模糊了。我搜索了我的记忆，只记得最后的一些记忆残片。最后我被关在一座庙里面，成了一名囚徒。我还能记得我身上乌青血瘀的伤痕。不太有人来看我，仿佛我一夜之间成了公敌。王大航有几次夜里来看望我，给我送点番薯干，有次还端了一碗老酒给我，众多徒弟里只有他算得上有情有义。我交代王大航，"杨公"是他父亲当年替前村一郎请我雕刻的人像，是我一生最得意的作品，托他保管啦。我不记得我是怎么去世的，只记得在我尚有意识之时，我仿佛是再次见到了"杨公"，我跪下对着它乞求让我在下辈子不要将我的记忆抹去，让我能够重新找到它。

时间跳走了近六十年，我郑改革都已经四十岁了。我出生在周麇芜之后所不能想象的年代里，改革春风吹拂过这片灾难深重的大地，在另外一个尚可以呼吸的时间维度里，他拥有另外一具凡胎肉体，经历了另外一些同样剧烈的变迁。我很难对于我所拥有的先天"记忆"做出合理的解释，它如此深刻地储存在我的脑子里，不可祛除，让我对"我"的概念产生了严重的怀疑。我一度很难处理周麇芜的存在给我造成的诸多困扰，直至我将之接纳为一件礼物。

在学会和旧"记忆"相处后，我发现我的"记忆"并不是孤例，有更多不灭的集体记忆埋藏在我们的大脑皮层之下。那强大的集体记忆像是一座无垠而汹涌的海洋，我们游动在里面而不自知。于是"周麇芜"就出现了。我也很喜欢去查阅关于岛城的历史资料，岛城有史料记载的历史特别短暂，但是这有限的时间早已经尘封了无数的人和事了。看着档案馆里一列列旧文件，我知道那里面封印着早被遗忘的往事。阅读有幸保留下来的零星资料，走在一些荒村里，坐在古围塘的堤坝上，我总有一种身体在飘浮的错觉，有一些空洞的记忆又回到了我的身上。关于"周麇芜"的记忆，也许只是我在潜意识里的一个梦，折叠在尘封的故纸堆里，但它是那么完整而生动。

重新找到"杨公"后，我本想从科学的或者纯粹艺术的角度去重新阐释它，从而剥离掉其身上的神秘色彩，然而发现这很难。这是一件不被过去也不为现在所理解的杰作。它纯粹只是精神上深度的寄托，因为它的本质是透明而隐形的，无人能够看见它。而其含糊的形象，现在看来，正是所有被抹去面孔之人的描绘，像你我，像这个世界上所有的人，或者说更像是人的一段记忆。

我本考虑将之公布于众，通过某个新闻平台，然而总是感觉那样像是哗众取宠。首先，我肯定会被质疑为装神弄鬼，或者只是一个比较奇特的魔术。就算是真的引起了关注，引发了轰动，更多的人或许只是被表面的奇特所吸引，哪里有谁能够真正为它隐匿的美而陶醉呢？或许会有哪位富得流油的商人，对此仰慕有加，愿意出高价买下它，那么它一样还是被雪藏了。

或者只有作为"周麋芜"的我，还有前村一郎才真正理解过它。讽刺的是，我很怀念与前村一郎临别的那一晚。我清楚记得，前村一郎剥掉朱漆的一角看见"杨公"透明的真相时，他的眼眶里千真万确涌动着泪水。我知道他实践了他的诺言，怀着对木雕艺术的敬重。在多年之后，他完成了那一刻他脑子中浮现的木雕作品，让他的儿子带着"木之神"来到了我们的岛城。说心里话，我多么希望能够遇上像前村一郎这样的匠人，不是作为敌人，而是在某次中日民间工艺交流会上相遇的手艺者，我想我们一定会成为忘年交。

　　我的心情有些矛盾，我有种想重新看到"杨公"原貌的强烈愿望。因为年代久远，那一层朱漆已经变淡、龟裂。我用手、小刮刀、镊子及汽油将雕像上覆盖的朱漆慢慢去掉了。我花了一个月才完成。那个剥落的过程非常神奇，我是从底座开始的，当一层底座上的漆皮剥完后，"杨公"像是腾空了。当我剥落粘在"杨公"身上的最后一块油漆时，整个神像完全消失了。

　　那一刻是无比神圣的，这才是"杨公"真正意义上的存在，除了诞生之初时，在过去那么多年后，它才重新回到了它的自身，不再被朱漆所遮蔽。我感觉在看见"杨公"消失时，我几乎也要消失了。我已分不清我是谁了，我不知道我是郑改革，还是周麋芫，还是我的师傅王九营，还是你余退，甚至成了前村一郎。那一刻，我才知道这个世界的本质是透明的。

　　然而，这一次"杨公"更加彻底地回到了它自身，这个是我完全没有预料到的。当我将双手伸向隐形的"杨公"时，没有在原本摆放它的位置摸到任何的实质，它随着最后剥完的那一片漆皮彻底消失了。我没有办法说明白为什么是这样，可能我没有充分考虑到朱漆已经成了"杨公"的皮肤。它就如此凭空消失了，离我找回它，才过去了一年，我依依不舍。我不得不找人说出这个掩藏在我心里的秘密。我不知道我所做的是否正确。或许只是这样，"杨公"才真正完成了自己。或许它就存在于这个岛城的某个角落，和这个岛城依旧隐没的众多奇迹一般，只是不为人所见而已。

　　郑骐骥借着酒劲的讲述，并不是一次性讲完的，不过每次都能把我听入迷了。某次酒后，我忽然意识到我很羡慕这小子获得了我爷爷余乃佑说书人般讲故事的能力。在他动情讲述时，我几乎不会去打断他，只是在他自然停顿下来的时候敬他一杯酒，在他站起身来唱越剧的时候配合着为他击掌。我也不会当面提出质疑，虽然我心里想，这小子可能是研究地方文史资料痴迷了，代入感太过于强烈，将他搜集的周麋芜的故事与他自己的记忆混合了起来，以他的匠人之心的口吻为我重现了岛城失传的无价之宝"杨公"的跌宕故事。在夜深人静时，我经常会在脑海里琢磨这个故事，以至于我回想起周麋芜最后闪烁的讲述时，隐隐感觉郑骐骥是故意把"杨公"给弄丢了，或者是主动忘了它，他可能觉得最好还是要让这么一件珍品回到它本应该存在的那个"透明"的状态。

木偶岛

已经不大有人知道"木偶岛"了，多数的游客只知道岛城的第三大岛叫"养生旅游岛"，本地年轻一些的土著也一样，他们更了解岛上东南顶端有个观海平台，建了一座略显别致的养老院。我去过那里的养老院，院门气派，设施齐备，建设得有点像培训中心，说实在的，真的不赖，纠正了我对养老院的固有偏见。只有老一辈岛民才知道那里曾经诞生过很多木偶剧团，大概是在清朝末期、民国初期，应天木偶剧团甚至代表国家出访过东南亚，而现在几乎销声匿迹了。

应天木偶剧团最后一任团长王虚渔的后代子孙王栋杰带我去过他们家的老宅子，也就是应天木偶剧团所在地，四合院结构，三层楼高，中间是个天井，门和天井进去是个小舞台，现在空置在那里，完全看不出当时的一丁点辉煌了。王栋杰常说要重建木偶剧团，说自己以后当编剧、导演，再召集人马组建一个现代木偶剧团。他知道我是一个作家，发了一篇稿子《木偶老王》给我，说是请我指导。作为兼职编辑，我好为人师，说没有问题，会给他的小说提提意见的。他的小说是这样的：

王铁柱年过半百，人称老王，是一个木偶，和住在木偶岛上的所有人一样，全部都是木偶。木偶岛是个很小的岛，漂浮在海上，隔岸是人口无数的大型城市木偶城。这里的居民统统由几块木头拼接而成，套上简易缝制的衣服，身上挂着一些牵引线。如果你仔细看，就能看出上衣口袋是装饰用的，往往就是在口袋处多缝了一条横布，袜子和鞋是连体的，眼镜是没有镜片的。老王的长相在我们看来有些滑稽，单薄的身子上顶着个大头，呆头呆脑，会很容易对他身上隐藏的悲伤视而不见。老王额头上被画了两条波浪线，不知是哪位艺术家的杰作，使得他看上去比实际年龄老相了很多。

老王并没有注意到他身上那些细密的牵引线，更别说背后操控着引线的全能式人物了。人生实苦，老王并没有意识到自己是否是自由的，他有着自己的喜怒哀乐，他并不能想到在他头顶上空会有命运的引线牵动着自己，有另外的意志在介入他的生活。拍摄完木偶实景剧后，透明的丝线会被上帝式的后期技术处理掉，当然再怎么完美的后期技术也不能完全处理干净，而会保留一些残余的丝线、线头，仿佛一些伤痕和伤疤，这些是老王所不能够了解的。

老王躺在床上抽着烟，那廉价烟产生的青色烟雾慢慢在房间里弥散，他脑子里挽救疯癫青年蒋离火的画面随着吐出的烟雾不断重现，让他觉得自己还是有用的。青年木偶蒋离火就住在老王家隔壁，是老王看着长大的，大学毕业后在木偶城打工几个月，就回家待业了，整天垂头丧气的，缺乏青春气息。他太过于无聊，就开始钻研哲学，然后就失控发疯了，脱光衣服裸着木头身子在夜间暴走，说木偶岛上的人都是玩物，被无形的丝线牵绊着，缺乏独立的思想，永远走不出生活的牢笼，自以为有可以自行掌控的生命，其实不过是一些可怜的木偶。

蒋离火裸身站在海边，双脚踩在一浪接一浪的海水里，看着木偶岛辉煌的日出，感觉生命很不真实。他对着绯红的天空喊叫，那"啊——啊"的喊声发自肺腑，容易产生共鸣，具有极高的艺术水准，很不像出自木偶之口。三三两两的人看到这癫狂的举动，既有看热闹的，也有替他担心的。有木偶看到蒋离火似乎要燃烧的样子，赶快报了警。木偶巡警劝蒋离火穿上他们带来的衣服，带他回家，但是他的表现有些抗拒，反而后退进了海水里，身体开始晃起来。

那天老王骑着电瓶车去菜市场买菜，刚好路过，现场围观了好多人。他认出了将身体浸没在海水里的是隔壁邻居青年蒋离火。将电瓶车停好，老王取出自己后备箱的雨披，瘸着腿，喊着离火的小名"火火"，踩进海水里，将雨披盖在蒋离火身上，口中骂了他两句，将蒋离火拉上了岸。蒋离火回家后发了一次高烧，又恢复了正常。恢复正常后，蒋离火的母亲托人相亲，介绍的对象是青石街的青年女木偶许文妞。蒋离火在与许文妞相亲后，燃烧起了欲火，连夜给她写矫揉造作、抒情肉麻的情书，站在她家楼下唱情歌，顺利亲到了许文妞的嘴，摸到了许文妞的胸。

老王很替蒋离火高兴，特别是当他看到蒋离火搂着许文妞的腰出门，碰到蒋离火时还让文妞也向自己问好，那种轻荡荡的喜悦感染到了他。老王觉得蒋离火非常不赖，能读书，有胆识，只是不应该闲下来读什么哲学，好端端把脑子给读坏了。李梅后来对老王说，后悔没能将女儿王爱李和蒋离火给撮合撮合，老王也觉得有点遗憾。

这轻荡荡的喜悦帮着老王抵御夜深人静时生成的沮丧，那是一位普通至极乃至于无能的男人的沮丧。老王对于自己心脏的不规则搏动非常忌惮，他很容易脑袋发晕，身体无力。老王赶紧用万金油在自己的太阳穴、人中穴、心口处涂抹一下，服用一粒抗凝药片之后，他终于感觉自己好一些了。老王经常回想当时在海边救人的场景：他取出后备箱里的雨披，将雨披给蒋离火披上……老王想，自己的一切也会好起来的；他的药片会越吃越少；他或许还能够得到一份看门的工作；女儿王爱李的婚事可以敲定下来，有位像蒋离火那样的男青年会出现……反正一切都会好起来的。他不知道希望其实是很让人窝火的事情。

楼下的木门吱一声开了，那近乎无声的脚步踩着这间老石厝里的寂静。这脚步声老王太过熟悉了，他听辨了几十年了，他甚至能听到李梅一开始穿的是运动鞋，上楼时换上了拖鞋。老王一下子精神起来，他赶紧起床去推窗，等待李梅推门进来。

老王和李梅之间谈不上有多少爱情成分。他们之所以要结婚，是因为木偶岛几乎所有正常的木偶都要结婚，要生小孩。二十世纪八十年代初，王铁柱家找人来提亲时，李梅虚龄十九，由于营养不足而发育未足，看着像一棵矮树。她不知道自己所用的木头其实是一块好的樟木，所以她的皮肤其实很不赖。李梅排行老六，李梅的父母积极生育，努力增加人口，她的前面还有三位姐姐分别叫李桃、李荷、李菊，两个哥哥分别叫李英、李雄。

自由恋爱这种形态虽然早已存在，却并未在那个时候的偏远海岛广泛传播开来，基本上还是属于新奇的玩意，反正李梅并没有机会触碰到。李梅长相倒算是秀气，但是并没有哪位男性青年木偶主动看上她。李梅自幼也没有机会像她以后的女儿王爱李那样读堆成山的言情小说，看多如牛毛的肥皂剧，让自己陷入假爱情、假浪漫、欲望、背叛、悲伤、混乱组成的泡沫里。李梅对婚姻的理解，随着几位哥哥姐姐的嫁娶不断叠加。二姐李荷未出嫁时，经常找她谈心，会对她讲准姐夫做的让她心跳的故事，讲准姐夫如何绕道来看她，等她一起去看电影，李梅期待着有像二姐夫那样的男人到来。

终于等到有人来说亲了。来李梅家说亲的妇人，和李梅家、王铁柱家都有不近不远的亲戚关系。木偶岛太小了，稍微牵扯一下，多少都能搭上点亲戚关系。媒人列举了王铁柱家和王铁柱的种种优点，说王铁柱家境好，家里盖有一座青石瓦房，单传一个男丁，王父中年得子，王铁柱子承父业在岛上的第二制药厂上班，为人忠厚，老实肯干，可以托付终身。说得李梅的父母心花怒放，不住地点头。

李梅和当时的绝大多数姑娘一样，尚未形成自己的主见。在那一段时间里，李梅感觉自己忽然间成为焦点，体验到了从未有过的羞涩和喜悦。这种羞涩和喜悦弥漫在她发育未全的身体里，让她期待着能够早日见到王铁柱。二嫂经常和她开玩笑，称她为小媳妇，说得李梅心里痒痒的，又不好反驳。大姐回娘家来时，对着母亲哭诉，生孩子的那段时间，婆婆搬出去住了一阵子，她自己不得不忍着疼痛下床烧饭，好在丈夫还算体贴，李梅都听到了。大姐很实在，对李梅说要嫁对人，其实是嫁对家庭，王家殷实，婆婆有善根，感情可以培养，不要考虑什么天作之合不天作之合的。

王铁柱在媒人、他母亲的陪同下，带着礼物上门提亲来了，李梅进门看了一眼王铁柱就匆匆上楼去了。李梅在房间里听到他们在楼下有说有笑，客人应该是在吃鸡蛋茶，所有人都乐呵呵的。在他们将回家时，二嫂带着李梅下楼相送，李梅才羞红了脸又看了王铁柱一眼，对他印象模糊。她在王铁柱家商量婚事细节的晚宴上，想好好看看王铁柱长什么模样，但那是李梅平生第一次吃火锅，炭火煨开了锅里浮动着的辣椒汤汁，腾腾的水蒸气遮蔽了她的视线，她的头发都弄得湿答答的，有一股从来没有闻过的蘸酱的味道。

李梅真正看清楚王铁柱的长相，是在婚后的第二天了，等一切都定型了之后。李梅在新房里睁眼醒过来，转身看见了睡在自己身边的王铁柱时，简直像是在经历噩梦。对于王铁柱的长相，李梅感到了一股无法描述的厌恶。她很奇怪自己为什么在提亲、定亲、结婚的诸多流程中，在人们充满热情的祝福声中，从没看清过王铁柱长什么样。那一刻，她应该是看到了王铁柱是一个木偶的本质，生出连自己都不明就里的恶心。她像是惊醒了一般，穿好衣服，抽泣着跑回了娘家。李梅的母亲发现李梅坐在大厅的桌子旁哭时，还以为李梅挨打了。她笑着对李梅说，可能是你没有经历过男女之事。她烧了鸡蛋茶，让李梅吃饱饭后和二嫂一起回到了王铁柱家。

李梅再没有独自逃跑过了。李梅经常去二姐家串门，和二姐说说心事，说她最庆幸的是有位好婆婆，几乎不会对她发火。她对二姐说，就是结婚两年了，都没有怀上孩子，外面都风言风语的，说自己不会生，其实……是王铁柱不行。二姐给李梅讲了木偶岛的一个传说，有位不能怀孕的渔妇，得到了海神的允许，坐船到花岛，在花岛上的沙滩游泳，和从深海里游来的一条鱼王游戏了一个晚上，后来就生出了木偶岛上的戏团之祖。李梅羞红了脸，像是听懂了二姐的意思。二姐自己回了娘家，让妹妹留宿在自己家里，等待二姐夫的归来。

木偶岛有着自己的生命延续之道。李梅的肚子渐渐鼓胀起来，看着王铁柱和她母亲忙里忙外，她总觉得自己有愧于他们。李梅孕期的反应比较强，她经常干呕、腿脚胀痛，在心烦意乱之时，当她仰头看见在一旁束手无策的木讷的王铁柱，她的火气腾地就又上来了。乘着有孕在身，李梅与王铁柱保持着合适的距离。在心情舒畅之时，她又感念王铁柱的好，总是被他的憨厚可靠、言听计从感动着。

孩子出生了，是女孩。李梅听到护士说出性别时感到很失望，当她看到王铁柱兴冲冲过来，笨拙地抱着襁褓里的小娃娃而满脸喜悦时，李梅哭了，感觉这个忠厚敦实的男人无比可爱。老王对着李梅说，他已经想好了女儿的名字了，就叫"王爱李"，李梅的哭声就止不住了。

王爱李长得很健康，大家都感到惊讶，老王和李梅的组合竟然可以拼凑出一位身材匀称、长相秀美的小女孩。那些充满妒忌和喜欢挑衅的人，与王铁柱开玩笑，说羡慕他的福气，生出了俊俏的女孩子。王铁柱始终没有听懂一般，骄傲地说幸好小女孩随她妈。李梅能看出婆婆还对她有再生一个孩子的期待，唆使她多去二姐家走走。在一段时间里，李梅主动亲吻躺下的王铁柱，任由他的裸体压在她的身上，就算那一天实际上她很累。二姐心疼李梅，和她暗示过，可以再便宜一次她二姐夫，但是李梅再没有在二姐家留宿过，虽然每次二姐夫靠近她时，她都能听见自己的心跳。

王爱李自小就很懂事，她能感受到自己家庭环境的普通，能感受到母亲对她父亲的矛盾感。她很体贴忠厚老王的无能，很小就知道讲书上读来的童话故事讨爸爸的欢心，她甚至能察觉到二姨丈对她有着和他父亲相似的爱。她总是设法让自己显得很乖巧，让父母都放下手中的活，唱歌给他们听，或是要他们坐下来听她演奏电子琴，说补习的老师有要求。那是他们家其乐融融的日子。学音乐成了王爱李的慰藉，她一直梦想着能够拥有一架钢琴，然而当她有一次提出要父母买一架钢琴时，老王却一声不吭，李梅开始埋怨老王的无能，她听到父母因此冷战了几天，她就知道这种奢侈的梦想太过于沉重了。

李梅总期待王爱李有着和她不一样的人生。王爱李倒不算聪慧，在高价读完普高后，王爱李考上了一所职教院校，学会计专业，这是属于王爱李的时代了。李梅所未经历过的对爱情朦胧的觉醒慢慢在王爱李身上爆发。她开始学习打扮，烫染起了长发，用省吃俭用下来的钱与室友到火车站旁的贸易市场淘喜爱的长裙。章柳霞对自己恋爱经历大胆赤裸的炫耀，不断刺激着王爱李和其他室友。王爱李觉得自己比章柳霞标致多了，她期待着在女多男少的环境下，能够有一段甜美的爱情从天而降。

大二第二学期末，异常燥热的一天，王爱李没有想到室友章柳霞的男友杜祥突然向她表白了，并且问她能不能去哪里走走。这不是她所期盼的方式，那一晚她失眠了。她感到意外，却也莫名兴奋。王爱李回绝过两次后，按照杜祥约定的时间，到了霓裳电影院门口，陪杜祥看了一场电影。坐在露天音乐广场上，王爱李听着音乐喷泉说，她绝不可能在他和章柳霞分手前答应他的任何要求。杜祥说请她相信他，并强吻了一下她的脸颊。王爱李脸颊上被亲吻处麻了两天，她在焦灼中看到章柳霞神志不清地搬着行李回到了寝室，躺在蚊帐里失声大哭，所有的室友都围过去安慰她，陪着她哭，包括王爱李。那个周末，王爱李将自己的行李打包，搬到了杜祥的出租房里。章柳霞成了她的死敌，她躺在杜祥的怀里时就能猜到章柳霞正在寝室里骂她是狐狸精。

在校外简陋的出租房里，王爱李依旧能够闻到房间里充斥着章柳霞所用化妆品的气味，她在扫地时还是经常能从床下扫出章柳霞所留下的黄色长发。她有些不敢理解自己的决定，发生的一切过于快速，和王爱李脑中所期待的纯情的恋爱完全不同。在半推半就中，她尝到了懵懵懂懂的所谓爱情的滋味，成了一个女人。她第一次躺在了三星级酒店的双人床上看电影，第一次走进牛排馆用刀叉食用牛排。王爱李迷恋这种被拥有的感觉，她劝说自己并不欠章柳霞什么。当然，她隐约能感觉杜祥所给予的一切都过于脆弱。

在大三下半学年，王爱李随着应届毕业生的洪流涌向社会，找到了一家小公司担任实习出纳。她的模样很招人喜欢，公司里的财务总监骆三峰几次给她买点心，说想开车送她回学校。当时的王爱李并没有看透人生，婉拒了他的好意，依旧赶着晚班公交车，坐很长的路回到她男友的出租房中。多年后，她偶尔还会回想起，所谓的大叔骆三峰，不过长她六七岁，事业有所小成，可能是最适合恋爱、结婚的对象，反而她男朋友杜祥那样未经世事的小青年并不可靠。王爱李很高兴，公司每个月都能发她一点实习津贴，足以用来支付她往返的交通费和餐费。

即将毕业时，催贷的压力忽然而至，校办声称如果不偿还完助学贷款就无法取得毕业证书原件。王爱李和杜祥商量要怎么办。杜祥回答说，无所谓，向父母要点钱，或者向亲戚借点钱。杜祥轻描淡写的说法让她很反感。王爱李已经知道杜祥其实就是一个混混，然而她那时尚不清楚这位混混其实家境平常，却以各种借口向他的父母伸手要钱，错以为他来自一个富贵的家庭。

　　过早懂事的王爱李不忍心打电话给家里，她知道药厂改制后，父亲老王等于是失业了，母亲的妇科病治疗花光了买断老王工龄的一万多元钱，现在老王外出跟着大姐夫到更远的南方做工去了，只有她母亲一人居家。她知道自己的生活费开销已经是家里不小的负担，父母丝毫不记得她还有一笔助学贷款没有还清。不到万不得已，她不敢向家里提起。她经常记起小时候，她提出要买钢琴时家里所发生过的冷战，她想起那时的情景就感到不安。王爱李还发过一个暗誓，以后哪个男人如果能给她买钢琴，她就嫁给谁。

　　她想到了丁震元，是木偶岛的老乡，和她一起考上了这个职教学院。王爱李一开始并没有注意到丁震元，大概是因为她知道丁震元的家境和她一样贫困。丁震元曾约过王爱李，但是对于王爱李这样标致的女孩子他严重缺乏自信，特别是在知道她和男友同居后更是打消了潜藏的念头。丁震元很高兴王爱李能找他帮忙，他说他想到了一个主意。他从证书查询网上查询到了她的毕业证书样板，又拨通了喷在公交车站的办证号码，借了五十块钱给王爱李，帮王爱李凑足了一百五十块钱伪造了一个逼真的毕业证书。

　　丁震元说，你先用着嘛，编码什么的都是真的，简直完美无瑕。王爱李不断看着她手中的毕业证书，总感觉到心虚，不过她还是很高兴，请丁震元吃了一碗饺子以表示感谢。饭后，他们沿着学校外的江边散步。月光下，江上偶有运沙船驶过，王爱李看着身旁推着自行车的丁震元，有说不出的亲切感。在多年后的某个深夜，丁震元通过微信和单身的王爱李说起他的遗憾，说他当时喜欢她，不过那个时候他太幼稚了，他对王爱李已经谈过恋爱还同居了这件事太过介意，以至于让他们俩错过了姻缘。而王爱李说，其实她现在反而自由，只要他愿意冒着出轨的风险，他可以偷偷来找她。

在毕业近一年后，王爱李才和杜祥分了手，杜祥根本没有正经去外边找工作的打算，整天窝在光线昏暗的出租房内打电脑游戏，而对家里说自己正在准备考编制。王爱李之所以又和他同居了一年，一个是因为生活的惯性使然，更重要的是她可以不用另外支付租房产生的额外费用。她找到了另外一个小公司，正式入职当财务，工资很低，但是工作轻松，有时间可以让她看看书，准备专升本的考试，她实在太晚考虑升学这件事情了。

她搬到了一间小公寓里，和同样留在木偶城奋斗的张晓蕾合租成了室友，一同分担房租、水电。她请张晓蕾吃饭，说感谢她收留她，然后一下子哭了出来。她没想到自己和杜祥分手后，会感到一股巨大的空虚，没有依靠。王爱李没想到自己其实是那样脆弱和缺乏安全感，她对着晓蕾说了很多。但是哭完后，她感受到了一种从未有过的轻松。

王爱李喜欢木偶城这座滨海城市，比隔海相望的木偶岛要发达，而且不需要有多少人来关心她。在开始的日子里，她还期待有人和自己一起分担喜怒哀乐，隐约希望丁震元能够主动联系她，她甚至对他暗示过她已经分手了。她知道他回到了木偶岛，在信用社当上了一名柜员。她又谈了一次短暂恋爱，在公司的晚会上，她被一位上台羞答答弹奏钢琴的青年吸引了。那晚的感觉太美妙了，她不知道平时木讷的吕志良竟然会钢琴，当《献给爱丽丝》响起时，她甚至幻想着她坐在他身边，两人合奏着钢琴曲。

舞曲环节，公司里所有的年轻人都到舞池里扭动，王爱李主动靠近吕志良，对他说他好帅。在和吕志良接触一个月之后，她发现吕志良对事业、对生活的想法太过幼稚，她很大程度上只是被埋藏在心底的浪漫之心所吸引。在陪吕志良过完生日，留宿一晚后，王爱李提出了分手，非常果断。王爱李努力让自己保持着对成功的欲望，她转到一家外贸公司工作，上手很快，练习用邮件与老外沟通订单，表现得非常出色，有了额外的提成。

王爱李的独立并没有减轻家庭的负担。药厂改制后，老王领到了一笔清退金，在家里清闲了近半年。老王在缓慢应对着这个依旧在不断变动的世界，总觉得异常吃力。李梅陪老王拜访了远亲杨培壮，一个建筑工地承包商，李梅带着哭腔诉说自己家的困难，央求杨培壮能带老王出去，老王勤劳肯干，关键是自己人。老王去了很远的南方岛屿，在高温的工地里风吹日晒了两年，在一次作业时晕厥在地，住了一晚院后，查出来只是得了高血压。老王说买点降压药吃吃就是了，杨培壮应老王的要求，继续让他干点体力活。

在王爱李转到外贸公司那一年，老王在一次监工过程中，从脚手架上摔了下来，万幸只是摔断了大腿。木偶们摔断腿的方式比较特别，是整只脚摔出去，不过只要救治得当，重新安回去就可以了，并不算致命的症状。那段时间持续高温，老王被猛烈的太阳晒得头脑发昏。李梅没有把老王摔断腿的事情告诉王爱李，免得她担心，毕竟这个只算是硬伤。老王一条大腿上拧了一颗很大的螺丝，拄着拐杖回到了木偶岛。李梅看到老王大腿上手术所留下的大号的螺丝，伏在他的身上哭了。李梅对老王充满怜悯，就是这种怜悯维系着她和老王之间的感情。几个月后，老王大腿上的大号螺丝被换掉了，不过此后他走路看上去就有点跛了。

生活像一场持续不断的微小战争，不知不觉将每个人都变成了疲惫的战士。李梅帮三姐上街卖海货，虽然脏累，但是每个月可以多增加千把块的收入。李梅当然更希望老王能外出赚点生活费，但是待在身边也好，她多少能够从老王那依旧木讷而黯淡的表情里得到一些安慰。李梅还是常常会因为一点小事，比如买盐、扫地、碎了一把调羹，将老王责怪一通，但是这种责怪从以前的训斥变成了絮叨。因为劳累和忧愁，李梅的妇科病再次变得严重，半个月就来一次月经。老王待在家中，无所事事，有时候心中愤懑，很想大骂一通，却找不到骂的对象。有时候他在家独自大发雷霆破口大骂，骂完后他自己不禁失声发笑，因为老王找不到具体要骂的对象，那骂起来就很虚无，像一脚踩空。

虽然离家不远，但是平时王爱李不太回家，对家里所发生的变故总是知之甚少，李梅并不会主动告知王爱李家中的困难。王爱李买了好多礼物回家过年，让这座老石厝焕发了一些生机。回家后，王爱李看到老王行走不便的腿，才问发生了什么。老王却表现得很淡然，说早就好了。王爱李回家做的第一件事，就是将老石厝洗刷了两天，还将她塞在床底的电子琴找出去，擦拭干净，摆在了一楼。王爱李陪着老王一起贴春联，轮到王爱李爬梯子，而老王在地面上打下手了。贴过新春联的老石厝多了一分喜气。王爱李还帮着李梅准备祭祖用的酒菜，陪着妈妈烧银圆，烧给天上的爷爷奶奶。年夜饭，第一次由王爱李掌勺，李梅打下手，烧了一小圆桌的菜，一家三口倒也不觉得冷清。

老王感觉女儿真正长大了。老王拿出了他珍藏多年的苦海酒。拧开盖子，那酒香就蹿进了菜香里，飘满了屋子。王爱李主动说今年要陪着老王喝一点，也给李梅倒了一点。平时老王只顾把酒给自己斟上，他有一种能力，就是有酒喝的时候，菜甚至可以不吃。今天，他和王爱李碰杯，说老爸没本事，让她和她妈都跟着受苦了，碰到什么事，还是要和家里说。王爱李很干脆，将苦海酒一饮而尽，给父母讲在大学里和她工作中所发生的趣事。李梅看着比自己漂亮的女儿，内心里很欣慰，就是担心她的婚事，要她找个有能耐的男朋友。老王接过话题，说以后李梅的孩子有一个要姓王，这个是他答应过她的奶奶的。在年夜那个晚上，王爱李喝了很多。喝完酒，王爱李坐到电子琴前弹了一手儿时最拿手的曲子，依旧流畅，李梅和老王都笑得很开心。

认识朱汉明时，王爱李被他的幽默和专注打动了，关键人也长得很帅气。朱汉明是韩鸣外贸公司的老总，也是王爱李的校友。挖人大战中，他为王爱李开出了颇具诱惑力的年薪及提成方式，邀请她出任副总。跳槽后的王爱李很有商界精英的感觉，视野更加开阔，办事更加干练，她给自己取了个英文名叫艾丽丝。

王爱李发现了朱汉明在工作以外的魅力和贴心，她能感受到他对自己的暧昧。她知道他有一位貌美的夫人，生有一位千金，读幼儿园了。一次出差旅程中，朱汉明借着醉意拿出一枚钻戒，向王爱李表白，让王爱李不知所措。那一晚，王爱李希望朱汉明会强吻她，可惜没有。

日子过得很快，王爱李一下子成为韩鸣外贸公司的老员工了，她喜欢带有挑战性的工作环境，有了一些事业上的小成就感。王爱李虽然回家的次数还是不多，但是她每次回家都会给父母买当季的衣服。李梅总说王爱李乱花钱，但是女儿买的衣服她都会在柜镜前试穿半天。

王爱李回家请高中闺蜜聚餐，大家都说喜欢王爱李的穿衣打扮。不过，孩子和老公总是闺蜜们聊不完的话题，会刺激王爱李。王爱李会故意聊到丁震元，她希望从闺蜜的口中了解到他的一些情况，听说他已经订婚了。王爱李托一位在区政府任职的同学帮她老妈另外找了一份工作。刚好有一对机关干部要请阿姨，李梅就当上了保姆。她对王爱李说这个可能是她最称心的工作了，她负责照顾刚满两个月的小男孩，她喜欢抱孩子。李梅长得清爽，又勤劳，很让主人家满意。不过李梅回家的次数就少了，有时候两三个星期才回家取一下换洗的衣服。

王爱李虽然在夜深人静时会感到寂寞，但是她已经不太奢求甜蜜的爱情能够主动到来了。她有时候更美慕自己的妈妈，命运替她做了最好的安排。王爱李最欣慰的是，她现在实际上成了家里的顶梁柱，碰到的困难都能顺利解决。李梅打电话给王爱李，说老王查出了心脏动脉堵塞，医生说要尽快手术。王爱李请朱汉明帮忙，朱汉明说木偶城第二人民医院的李副院长是他好哥们，可以立马帮老王预约一位老到的主刀医生。朱汉明说钱不是问题，有需要他可以先垫付。

手术当天，朱汉明出现在了等候区，陪着王爱李和李梅在手术室外守候，还给李副院长打了个电话，表示感谢。王爱李向李梅介绍朱汉明时说，他们老总人特别好，对她这个副总特别关照。朱汉明说王总为公司付出了很多，这是他应该做的。他到医院来，如果有什么急事，他可以帮忙处理。手术一切顺利，在老王苏醒期间，朱汉明就回去了，说过几天再来看望。没几天朱汉明如约提着水果篮和鲜花，到病房看望老王，亲切地称呼他们为伯父伯母，包了一个慰问红包，让老王和李梅非常感动。

王爱李不知道要怎么答谢朱汉明，想来想去，觉得可能还是亲手烧菜招待他比较好。她特地带了老家木偶岛的苦海酒，去海鲜市场采办了一桌的海鲜，说请朱汉明来她的公寓用餐。为了表示庄重，她还特地买了新的餐具。那天，朱汉明刚刚出差回来，一脸风尘，来王爱李的公寓前，他还是去买了两瓶进口红酒。朱汉明进入房间时，发现桌子上已经烧了不少海鲜，王爱李围着围裙，让朱汉明先坐。朱汉明挽起袖子，就在厨房里给王爱李打下手，他说自己独自坐下来吃，多没劲。厨房里的油烟，从烧热的铁锅里翻涌出来，有些进入了油烟机，有些吸入了他们两人的鼻腔里，有些沾染在王爱李新烫卷过的长发上，让朱汉明拥着她入睡时还能闻到。

李梅转动钥匙的开锁声打破了老石厝的寂静，老王听见熟悉的脚步声走进门厅，脱鞋换上拖鞋走上楼梯，这次李梅没隔两天就回来了。她闻到房间里浓重的烟味，看到老王起身打开了窗户。在变淡的烟雾中，李梅坐在床头，盯着那扎满了烟头的烟灰缸，对着老王欲言又止。老王看得出李梅有心事，但是他也一言不发。李梅开始说话了，她说刚接到女儿的电话，爱李告诉她自己怀孕了，不知道要不要把孩子生下来。李梅说问起孩子的爸爸是谁时，王爱李没有说话，只是哭。她了解自己的女儿，知道外表坚强的她其实非常软弱。

老王听着，坐在李梅的对面，开始抽烟，屋里的烟雾重新变得浓厚。李梅说自己也不知道要怎么办，不知是骂女儿好，还是安慰她好。电话里，李梅也跟着抽泣。在一段时间的无言后，李梅说，她要找老王商量商量。李梅等主雇家的男主人回来后，就第一时间赶回了家，找老王聊一聊，虽然她知道老王也许什么也说不出来。

她唉声叹气地对老王说，老王，咱们爱李可能太单纯，被那个男人给骗了。老王说嗯。李梅又说，或者是他们俩对不起她，贫穷的女孩子很容易跟上有钱的男人。老王说嗯。李梅说，他们不能让女儿把这个孩子给生下来，只要没有人知道，以后她还能嫁个好男人。老王说嗯。李梅说，他们还是要让女儿回家工作，她可以去托大姐夫，看看哪个单位缺临时工。老王说嗯。李梅说，他们的亲戚徐春婷到现在还没嫁人，年轻时候跟了个男人，没把孩子生下来，到现在就不嫁人了，连个依靠都没有，或者还是把孩子偷偷生下来吧？老王说嗯。

李梅说着说着，郁结的心情平复了很多，老王虽然木讷，但是总算是个能商量的对象。李梅说，还是去一趟城里吧，和女儿讨论一下要怎么办。老王说嗯。李梅说，那明天就走？老王说嗯，明天就走。那一夜李梅几乎没睡，而老王却睡得很踏实。老王的内心里依旧受着拯救蒋离火事件的鼓舞，觉得事情总是能够解决的。

第二天一早，老王陪着李梅，乘着木偶岛进城的早班轮船，飘摇了两个小时，抵达了木偶城。上岸后，李梅才给王爱李打电话，说他们来看她了。李梅和老王很少进城，按照女儿给的地址，打车到了一个崭新的小区，小区旁有条河道。两口子站在小区大门口，等王爱李来接，他们怕自己会在小区内迷路。其实王爱李早就在小区的内部公园里等候了。李梅盯着王爱李的肚子看，略略凸起，但是不特意看的话还看不出来。

乘坐电梯上楼，李梅和老王进门看到王爱李住的是一间崭新的套房，宽敞明亮，家电齐全，有一架黑色钢琴。李梅问这个房子怎么来的。王爱李说这个房子是她自己买的。屋子经过收拾，但还是能发现有男人的物件，比如鞋子、烟灰缸。王爱李说要烧几个菜，李梅就接手了过去，王爱李打下手。老王坐在沙发上看电视，直到一小桌子的菜烧好，三个人坐下来，王爱李给老王开了一瓶白酒，酒香飘进了菜香里，溢满了整个餐厅。

王爱李给老王和李梅都倒满了酒，老王喝了一杯，李梅也喝了一杯。李梅先开口了，她问王爱李，你想怎么办？李梅只管自己说话，基本是在重复昨天和老王的对话，复述了种种可能。王爱李默默流泪了。老王推了推李梅，意思是让她不要说了。王爱李说自己去上个卫生间，好久都没有回来。李梅去找王爱李，发现她坐在主卧的床沿上哭。李梅心疼女儿，过去抱着她，陪着她一起哭。

王爱李对李梅说，她是自愿的，她曾经希望朱汉明能和他老婆离婚，也想过要结束这种关系，回到木偶岛，但是她好像做不到。她说她算好了安全期，没有想到还是出现了意外。她说在和朱汉明的朝夕相处中，她总是想到朱汉明对她的好，她知道他对她有爱，在他看她的眼神里，她就能明白。她说前几天，她无法入睡，这段时间是她最艰难的日子，比毕业时拿不到毕业证书时还要艰难。她不知道要找谁商量。

老王一个人继续坐在餐厅喝酒，李梅和王爱李的对话，他大约都听到了。李梅和王爱李重新坐到了饭桌上。李梅问老王，你说应该怎么办好？他带着酒气说他觉得生命才是最重要的，那肚子里的是我们的孩子。李梅听老王这么说，怔怔地看着他，感觉她眼前这个相处了几十年的木讷男人并不傻，好像他心里什么都明白似的。

王爱李说，她再去把菜都热一热。她请父母住一晚，她可以陪他们去逛街，再给他们买一身衣服。李梅喝了一口酒，对着老王商量说女儿一个人有孕在身，没人照顾怪可怜的，她是不是应该留在这里陪着她。老王说，嗯。李梅说她记起了木偶岛鱼王借孕的传说，那是她二姐讲给她听的。老王说他想起了答应过她奶奶的话，孩子应该姓王，她奶奶如果知道了会乐开了花的。李梅说，嗯，特别是一个小男孩的话。

我说这个故事没有结局，读起来很不爽快。我问，后来孩子有没有生下来？王栋杰说那个不重要。我本来想说这个故事不符合社会主流，但是我怕给刚刚写作的王栋杰以打击，新人的作品还是要多鼓励。我给《木偶老王》提了一些修改意见，圈了好几处红圈，要他在那些环节再推敲推敲。我觉得这故事的题目太过于土气，建议他改成《木偶岛》。不过王栋杰可能一个字都没有听进去，他说他没办法改，他说他的故事是根据事实改编的。我和他说，事实不重要，你现在搞的是文学创作，重点的是要虚构。不过呢，再怎么，他这个故事还是刊登在我参与编辑的内刊上了，而且还叫我们当地的小青年张均易给写了一篇评论，算是给足他面子了。张均易是个十足的文青，他在评论里写道："更让老王自己也想不到的是，还有另外一些老王正在被几块木头粗糙地拼出，只是会做一些很粗劣的改动。他们的长相不可能在制作者的脑袋里精确地预显，他们的成型带有很大的随意性。他的衣服还是会被另外的木偶穿起，他的故事还要以基本相同的方式不断上演，他永远也看不见的细绳还是会被另外的手提起。"

影子表演

时间过得真快，一晃差不多三十年过去了，我和刘潜龙师傅漫长的约定日期都差不多到了。因为建了跨海大堤，彼时的我根本无法预料到新码头居然荒废了，那原本是我们海岛通行的主道口。荒废后的新码头空空荡荡，有人提议过要将候船室改成民宿，但是也一直未见动静。我甚至不知道刘潜龙师傅是否健在，或者他是否记得我们所做的约定。当时我还只是个初一学生，他的表演我几乎都没有落下。那场导致他重感冒的雨，我似乎还能在记忆中听到清晰的雨声。我希望他能再次回到我们岛上，明年的五月八日我一定会在新码头等上他一整天，直至过了午夜十二点。

我之所以想到刘潜龙师傅，起因于我忽然接到了王均君的电话，有五六年没有和他联络过了。他说朋友圈刷到我写作获奖的一则消息，就拨打了我的手机，我的号码一直没有换过。他问我有没有看过沙画。他的问题非常唐突，幸好我知道王均君的思维一向比较跳脱。他说他在网络教学平台刷到一则匈牙利人的沙画表演后目瞪口呆，想找个人分享。我说有的，几年前我在担任婚礼志愿者时，就运用过一次沙画表演，和婚庆公司一起策划将新郎新娘的恋爱故事做成沙画情景剧，投影到大屏幕上，看着唯美而浪漫。王均君说他就知道我能理解。

王均君拨打我手机的时候，其实我手头还有急事在忙，但我第一时间停下了手中的活，跑到工作室外的逃生楼梯内接通了电话。整个过程基本都是他在说，我在听。我听了几分钟，才听明白他真的只想和我分享他对沙画的理解。最近这一年，他一有空就躲到乡下，开始捣鼓沙画，他说他还拍了两个沙画短剧。我本来以为，他知道我在写作，想找我探讨一下剧情，但好像也没这个意思，他只求共鸣。

我说，你大老远打电话过来，就是为了和我讨论沙画？他说，是的，就谈这个。他只想单纯找人分享他的发现，他感觉大家都太忙了，他的激动没有引起一丁点的回响，像是一段原创音乐在真空中播放。我其实很能理解他的这种状态，特别是失眠之时，我偶尔会有给一个已经睡熟的人打电话聊天的冲动。但是那个时间点，并不是我失眠的时间，有个策划会要开，而我的策划案还没有定稿。我实则没有多少闲工夫去领略王均君对沙画的感悟。在配合了一段时间后，我不得不打断他的话，说，兄弟，现在有个急电打进来，我们下次再聊。

那天实在太忙了，策划会之后，还会餐了，我喝了一些白酒，亢奋了一个晚上。等我散发着酒气回家，我怕酒味熏到妻子，就躺在客厅的沙发上醒酒，我才回想起白天王均君对我所诉说的。喝酒后，我的思维像是一艘在夜间迷失方向的快艇，总是朝向无序的目标。睡又睡不着，就天南地北地胡思乱想。我胡思乱想的脑子里，拼接着年轻时我当婚礼志愿者时的情节，我所编排的沙画情节，我曾经模仿刘潜龙师傅和弟弟妹妹捣鼓影子表演的情节。我趁着酒气打电话给王均君，只说了一句，你那沙画算个空气，哪里有我见过的影子表演神奇？然后就挂了电话。第二天我给他发微信说，我昨天喝醉了，乱说话了，抱歉。

其实我没什么好抱歉的，那的确是我的内心之言，影子表演是我见过的最为高超的表演之一。可惜，那个时候我年纪尚小，对艺术并没有什么概念，只是觉得它神奇，吸引我而已。现在回想一下，我觉得自己是无比幸运的，因为刘潜龙师傅就租住在我的楼下，我还因此想拜入他的门下，立志做一名影子表演师，只是最终没有实现。我那个时候不过是个初一学生，个子虽然已经有一米七，但是心性上还是十足的蠢小孩，并没能明白这个世界的复杂性。

刘潜龙师傅云游到岛城时，穿着长衫，戴着宽边帽，让人误以为他是走江湖的算命先生。儿时，我们小岛上经常有外来的算命先生，敲着牛角，提着一只画眉鸟笼走街串巷，都是身穿长衫。他来到我们这个岛县的时候，我家已经从月亮湾村搬到了上岸小区，住了好几年了。上岸小区和现在的小区概念不一样，其实是个城乡接合部。那个时候，改革开放晚到的春风正在吹拂我们这个偏僻的岛城。我们一家五口租住在一对身体肥胖的夫妇家中的三楼。我腾腾腾跑步上下三楼，无数次经过房门紧闭的二楼门口，却根本没发现二楼房间已经租出去了。

刘潜龙师傅要进行首场表演的消息，我是从电线杆上看到的。一张油印的十六开粉红色纸，首排是四个黑体大字：影子表演。正文有一句广告词：你所未曾见识的绝技，一度失传的奇幻表演，欢迎老少朋友来观看。最下面写了"首场免费"几个字。时间和地址是用普通毛笔写的小字，字体端正。时间是某月初几七时整，地址是某街某弄后街小广场（吴记小卖部后身）。油印纸大概贴了十几张，都贴在电线杆和拐角的墙壁上，张贴的范围覆盖了这个城乡接合区。一看到表演广告，我第一时间就告诉了其他几位同样爱凑热闹的小伙伴。

我才知道在后街空地上所搭建的大帐篷，那模样很像蒙古包的，就是用于演出的临时剧场。上岸小区集聚了自周边而来的众多渔民，这里的新居民们业余文化生活极度匮乏，对于各种表演都充满了期待，何况是免费的。开演当晚，我和几位小伙伴，早早吃过晚饭，生怕没有位置，就赶往大帐篷了。铜锣声传来，大帐篷外有位青年正敲着铜锣，长声喊着：影子表演，今晚七点，首场免费。——刘潜龙师傅穿了一身长衫站在卷起门帘的门旁，双手抱拳，频频向过来捧场的观众致谢。

门口旁立着一面小黑板，写着"影子表演""首场免费"等粉笔字。蒙古包的内部空间比我想象中大，摆了五排木凳，最里部支起了一面白色投影布，投影布前有个昂头的落地射灯。射灯前摆放着张宽凳，应该就是表演者所坐的席位。内部布置有点像微型电影院。我们几个占了第一排的位置，坐着相互嬉闹，有点期待，又有点无聊，想出去看看青年敲铜锣，又怕位置被人占了。

等铜锣声停止时，大帐篷里已经黑压压挤了四五十人，大人小孩都有。我转头看见那位青年和刘潜龙师傅自侧边走到前台来。刘师傅按下投影布旁的录音机，轻音乐声扬起，大帐篷里的挪椅声、打闹声、打嗝声、打喷嚏声都顿时停了下来。青年站到了白色投影布前鞠躬，说自己叫张秀恩，说刘潜龙师傅身负绝技，带着他这个小徒弟走南闯北，不过是图口饭吃，欢迎以后各位大小朋友一起来捧场。请大家自觉遵守纪律，尽量保持安静。这时刘潜龙师傅接通了射灯的电源，把其他灯都关掉了，场所内顿时有了一种观看表演的幽暗气氛。张秀恩的影子立刻出现在幕布上，他的影子跟着他举起一只手，以五根手指、四根手指、三根手指、两根手指、一根手指依次倒数，座位上有小朋友自觉跟着喊了起来。表演开始了。

张秀恩猫着身子坐在表演席位上，将双手放在射灯前，幕布上看到了双手的投影。出现了小狗的形状，狗在跑动，张秀恩"汪汪汪"叫了几声。座位上开始出现小小的惊呼声。接着出现了小白兔，竖起耳朵在听，蹦跳了几下。接下来是一位老人，他没牙的下巴在蠕动。老人变成了一位长发少女，秀发在飞扬。座上的小朋友跟着不断变化的形象咯咯地笑。

我所坐的第一排就在投影灯的侧面，能感受到投影灯所散发出的热量。我比别人看到的更多，我能看到张秀恩表演时的手部动作，能看到他叠加着手指，手指和手指相扣，动作和动作之间的变化异常连贯，像是手掌在空中做着体操。张秀恩配合着手部动作，会做一些简单的口技声效。

我被幕布上的影子所吸引的同时，顺便会看几眼在幕布旁边坐着休息的刘潜龙师傅。他一度闭着眼睛，像是在调整呼吸。我注意他，不是因为他的穿着比较有戏剧性（长衫会给人一种深不可测的感觉），而是他身上有一股难得一见的沉着之气。

终于换刘潜龙师傅表演了。刘师傅盘腿坐在席子上，双手搭在腹前，凝神闭目，调匀呼吸，全场突然安静了下来。你可以看到他变大的坐姿投影在幕布上。刘潜龙师傅做预备的两三分钟给人感觉非常漫长，他似乎一动不动。我离他很近，能看到他额头处开始有微小的汗珠冒出。

忽然有人惊呼了一下："哇！"众人的目光跟随微小的惊呼移动起来，在寻找发生了什么。又有人发出惊呼。我眼拙，好像没有看出什么，只看到刘潜龙师傅的影子正在举起左手。我有点纳闷，肯定有什么动静没被我发现。又不断有人发出惊呼，我更莫名其妙了。我问我身边的小伙伴张静浩怎么了。张静浩推推我说，你看他的手。我一会儿看看刘师傅的影子，一会儿看看他本人，才恍然大悟。刘师傅本人依旧盘腿坐着，保持着原来的坐姿，双手搭在腹部，但是他的影子开始表演了。

　　刘师傅闭目盘腿坐着，左手握拳，放在右手的手心上，一动不曾动过，变化完全出现在他的影子上。我看他本人的时候，能够看到他头上细小的汗珠还在不断冒出。影子保持着坐姿，开始做手臂的各种动作了，先是双掌搭着放在腹部前，然后缓慢抬高至胸部位置，又放下来，接着两只手缓缓向左右伸展开来，高举过头顶，再次合掌，有点像是在练习一套坐姿瑜伽。

　　如果换成是现在，我会冷静猜想刘师傅所用的是一种光影技术，秘密要么是在灯上，要么是在投影布上，或许是在他影子的坐姿上叠加不同的影子。但是，在二十世纪九十年代初的中国，一位江湖流浪艺人的设备并不至于多么智能。特别是那些和现场观众互动的动作，很难作假。当现场人声鼎沸起来，他的影子会做个手掌下压的动作，你知道他是在示意请观众安静下来。接着他的影子向观众点了一下头，好像是在表示感谢。

　　表演的最后环节，他端坐的影子缓缓站立起来。而刘师傅的身体依旧坐在原地，影子站在他的身后，显得高大。影子缓缓抱起双手，向着观众拱手，鞠了一躬。然后，影子保持着站姿，感觉像是在闭目养神，足足站了有一分钟，再坐下来，恢复到了原有的坐姿。那最后的一小段表演，出乎大家的意料，整个大帐篷异常安静。

表演结束前，我看见灯前的刘师傅深吸一口气，缓缓睁开了自己的眼睛，放开搭着的双手，舒展一下肩膀，站起了身，向着观众拱手，鞠了一躬，重复了刚刚影子所做的动作。我可以清晰地看见他大汗淋漓，身体都湿透了，像是刚参加完一场万米长跑。

张秀恩走到幕布前，说了一些结束语，意思是感谢大家来观看，下周开始正式表演，每周表演三场，分别在周五、周六、周日晚上，表演为期两个月，票价每张一元。在接下来的一段时间里，刘师傅的影子表演成了我和张静浩等小伙伴讨论的热门话题，我不断回味刘师傅的首场演出，推测他是怎样达到了不可思议的幻影效果，自然也没有得出什么有效的结论。不过，我私自模仿影子表演，在自己家摆弄着最简单的手影图案，在夜间由我弟弟妹妹举着手电筒当射灯，将手的影子投在墙上。

刘潜龙师傅的表演在我们小区引起了轰动，至少我是这么认为的。我经常能在我父亲的理发店里听到关于刘师傅传闻的各种讨论。各种版本都有，有人说他曾去嵩山少林寺学功夫二十年，有过奇遇，练就了能驱动影子的浑厚内功。有人说他曾偷渡到美国向当地的大牌魔术师学法十年，获得过美国魔术节表演的大奖。有人说他其实是道士出身，会画符驱魂，可通三界。也有人说他是一位变戏法的男巫，将一只小妖怪困在了那盏灯里面。也有人说，他以前是北京的一位灯光师，那盏大功率的射灯被动过了手脚。也有人说问题不在灯上，而在投影布上，其科技含量十足。

我又在路灯灯柱上找到了粉红色广告纸，和原来的广告排版大体相似，只是文末的"首场免费"变成了"每场一元"。不得不说，这个票价对于我这个学生而言，还是有点贵的。我已经在准备下一次表演的门票钱了。我开始省吃俭用，减少早餐的食量，从父母所给的早餐钱里面攒下点零用钱。我甚至瞄上了我妈藏在柜子里的十元钞票，真不行的话，我暗暗下定了决心，要偷来用用，可以够我看十场了。

终于等来了周五，我兴冲冲喊其他几位小伙伴同去时，发现真正响应的只有郑元光，其他如张静浩等都说看过了，他们宁可去电子游戏室观战了。我才意识到，并不是每个人都愿意为幻影付费。那天的晚餐我匆匆扒了几口饭，就揣着一块钱来到了后街小广场。刘师傅照例穿着长衫站在门外迎客，一旁是张秀恩，手中握着一叠小票。我递出一元纸币，张秀恩撕给我一张票，那感觉很像是买票坐中巴车。小票是自印的，粉红色纸，油印着"影子表演""票价一元"等字样。

在演出前，大帐篷里还是坐满了观众，男女老少都有。我依旧坐在了第一排，靠近射灯，等待着精彩表演的开始。照例是张秀恩说开场白，请大家保持安静。和免费场表演一样，张秀恩先露一手，没有见过张秀恩表演的人都被他的手影表演所吸引了。我更紧张些，我一直盯着张秀恩的手在观看，想着要怎么偷师，学两招功夫，我的手指也跟着张秀恩的手指变化。张秀恩的手指折叠着，交叉着，投影布上就跟着有了兔子、狗、飞鸟、恐龙等各式动物的形状，配合着他的口技，比首场表演的形态丰富了许多，观众席上发出一阵接着一阵的惊叹声。

我知道好戏在后头。轮到刘潜龙师傅上场了，他依旧盘腿坐在席子上，双手搭在腹部，全场都跟着安静下来。我跟着他的样子把脚盘着，调匀自己的呼吸，不过两眼一直张开着，我已经注意到变化了，惊呼了起来。接着又有人惊呼了。场内那些尚未看出门道的观众很迷惑的样子，暂时还摸不着头脑。刘师傅其实就坐在我不远处，我一直在观察他的秘诀所在，有没有什么细微的动作，但直至表演结束，我也没有发现异常。

表演精彩极了，结束时观众掌声雷动。我根本没有预料到，这场影子表演更是变化多端，比如保持坐姿的影子忽然变出了第三只手臂和第四只手臂，像是金刚，让有些学佛的老妇赶紧合掌。谢幕前，站立的影子忽然扩大了两三倍，超出了投影布，向着整个帐篷的天幕扩张，然后又缩回原来的大小，再向着观众鞠躬。没有心理准备的观众，很容易被吓出一身冷汗。等表演结束，我看到刘师傅的全身几乎湿透了。

当我发现刘潜龙师傅就住在我楼下时，我感到非常不可思议。我才知道他们已经住了两周了，我回想这两周我不断经过二楼时，都只看到左侧房门一如既往紧闭着。在放学背着书包上楼梯时，我脑袋里还在思索着当天教学的一个数学方程式，我忽然看到了张秀恩。我第一眼就认出了他，他正手提着垃圾袋下楼。我赶忙说你是那位表演师！张秀恩拎着垃圾袋站住了，对我说，你认识我呀？然后继续往楼下走。我跟了上去，说，看过你好几场表演了。张秀恩说，你住楼上？我说是的。我问，是不是刘师傅也住在这里？他点点头。我才知道他和刘潜龙师傅已经租住在这里两个星期了。

我几乎第一时间就跑到郑元光家，和他分享了这则值得炫耀的消息。回到家里，我像是受到了激励，立马和我的弟弟妹妹玩起了手影表演游戏。我甚至直接开始模仿刘潜龙师傅，虽然结果可想而知，但是那个时候的我乐在其中。我拿出一只台灯放在跟前，学习刘潜龙师傅端坐的模样，凝神屏气，弟弟躲在我的背后，我口中念念有词，弟弟就伸出一只手，然后是另外一只手。墙上就出现了我长出了第三只手臂和第四只手臂的影子。妹妹看着咯咯咯地笑。

除了日常勤练手势之外，我总是在揣摩刘师傅影子表演的真正秘诀。我学艺心切，决定去敲楼下刘师傅的门，试一下运气。那个时候的我已经是个少年，对生活充满了向往，富有探索的勇气，和现在谨小慎微、缺乏想象力的我完全不一样。我轻敲了几下二楼的房门，等待着未知世界的开启。是刘师傅，他穿得很随意，不是长衫。见到我，刘师傅抱拳说道，小兄长好，有什么事吗？我心情激动，久久张不了口，只是笑笑，开始探头探脑往房间里看。

我说我住在楼上，想来拜师。我始终没有拜入刘潜龙师傅的门下，倒是成了他的忘年交。刘师傅说，你要不要进来坐坐？我说我看了好几次刘师傅的表演了，感觉好神奇，我和同学郑元光都很喜欢，而张静浩就不懂行，他第二次不免费就不来了。刘师傅保持着微笑，说他需要糊口，请我进去坐坐，他笑着说我是第一位来认邻居的。

这时候的刘潜龙师傅，和在大帐篷里表演时的刘潜龙师傅完全不一样，普通极了，就像是我爸的一些朋友。我很乐意走进刘师傅的房间，这是更值得我向郑元光吹嘘的事情。我好奇地环视着刘师傅的房间，像是在参观某个洞穴，而不是楼下的某个房间。房间里的设施极其简单，和我家所租房间的结构一样，刘师傅的房间也是两开间大小。

房间里似乎飘着一股中药味。基本上没什么家具，一张应该是主人家给的棕色木桌，桌上放着一个小小的电热锅底盘，还有一只小小的铝锅。房间里空空荡荡，地上有两只比较大的棕色皮箱。每个开间里各有一张床，靠里的床上堆了一大堆书，我看见有《老子》《论语》，一些武侠小说和几本佛经。还有一本中国地图。我好奇地拿着中国地图观看，看着那张总地图上密密麻麻标注了一些小红点，其中有一点是我们的群岛。我惊讶地问，刘师傅去过这么多地方吗？那时候我还小，我努力想听出刘师傅所列举的城市名，但是几乎都没怎么听说过，都是一些边塞小城。

他说人生苦短，自己的愿望是到处漫游，当然这样他就需要有一门技艺。而天遂人愿，有一天他无聊至极，看到只有他自己的影子还一直陪伴着他。他忽然悟到了一些秘密。我听到"秘密"两字时，感到了兴奋，我问刘师傅能不能告诉我影子表演的秘诀。刘师傅居然说可以的，但是要等我长大后，大概是三十年后，当我真正步入中年时，我才会了解人生就是一场幻影。恍然之间，我已经来到了当时所约定的年龄了，我对世界本就是一场深度的幻觉已经有了领悟，大概能够明白刘师傅的所指了。每每感到人生空虚之时，我就想念他的影子表演之术，想象着他会在约定的时间重新来到我的小岛，到时候我肯定要和他不醉不归的。

　　刘潜龙师傅说我可以从手影开始学，他教了我几个手势的分解动作，说每天要注意练习，像弹琴一样的，手指一开始可能会生硬，之后就会熟能生巧、行云流水。我再问，那练成之后呢？刘师傅笑笑，他明白我想问他是怎么练习幻影术的。他让我在床旁边所铺的一张席垫上坐下，教我如何学会静心。那张席垫和帐篷里的表演用垫一模一样。我坐了一会儿，觉得过于无聊了。

　　和刘潜龙师傅接触多了，我才发现他的生活非常单调。有一次，我好奇地问他平时都做什么。刘师傅说他平时很闲，没有特别的爱好，基本上就是练习、看书、表演、散步、吃饭、睡觉。他说自己喜欢到海边散步，起过大早出门去看海上日出，平时他就在自己的房间或者帐篷里看书、练功。他的房间和我楼上的房间一样靠窗，但是他的房间却异常安静，我不知道他是怎么除音的，进入他的房间似乎听不到外面的车声和人声，这一点让我感觉很奇怪。

　　我被允许随意进入他们的房间。那时候的我不懂忌惮，还是个玩心未灭的毛孩子，缺乏礼貌，很喜欢拿本书就钻到他们的房间里看书。有时二楼的房门虚掩着，我就敲一下门进去。没人的话，我就自己坐在席子上看书，偶尔替他们把房间整理一下。有时候刘潜龙师傅在房间里看书，我就坐着在他身边一起看，并和他闲聊几句。

　　刘潜龙师傅还允许我去免费看演出，这是最让我得意的事。自从知道刘师傅对我的慷慨后，有几次刘师傅去我家理发，我爸妈也都没有收费。我那时候贪玩，凭借天资聪明，基本在学校里就把作业完成了，一有空余时间我就和几个小伙伴到处乱窜，而那段时间我几乎哪里都没去，不是坐在刘师傅的房间里看书，就是去大帐篷看他们练习表演。我迷上了影子表演，我原来以为只要我多琢磨，总有机会看出影子表演的破绽或者真正的门道，没想到只是更加疑惑。

现在回想起来，我真正有幸的是看到了刘潜龙师傅的排练，我才知道原来刘师傅的正式表演只是展示了影子表演的皮毛。那一次，我看得目瞪口呆，以为自己来到了幻影王国。那次的刘师傅所展现的影子像是在历险，极具不稳定性。我甚至感觉那些影子本身就是活的，像是从实体挣脱出来的魂魄，那是影子的夜歌之舞，在嘲笑着坐在投影灯前那充满惰性的实体。那天，我第一次看到刘师傅将自己的影子变出了各种动物的形象，比如一头盘腿而坐的大象。我总在猜想，那是刘师傅最喜爱的图腾，是他内心深处的一只巨兽，温顺，食草，但是又充满了力量。他还变出了虎、豹、蛇等幻象，包括一只张开尾屏的孔雀，都让我惊异。

我后来问过一个刘潜龙师傅都没有想到过的问题，为什么他影子变幻出的都是活物，而不是金字塔、长城或者是一张书桌。他若有所思，居然反问道，我真的没有变幻出活物之外的物体？他像是发现了一个他本该发现的问题。他感谢我的发现，让他忽然间像是悟到了什么。

除了变幻出巨兽，我还看到刘师傅更换了影子的颜色。那时，我尚未学过光学原理，当看到刘师傅的影子变成淡红色时，我总以为是哪个调皮捣蛋鬼在射灯前放置了一张红色塑料薄片。我看到刘师傅变幻出了蓝色、黄色、紫色等诸色影子。还有一次，我看到刘师傅背面的墙上投射出了一片七彩的影子，像是雨后的彩虹，有点透明，并不浓烈，只是淡淡的，却足够让我这辈子难以忘怀了。

我问为什么在正式表演时，没有见过刘师傅做这样的表演。他说他在冒险，这种状态下的影子形态很不稳定，他不能随意控制，他并不知道自己在墙上的具体投影是什么。当他进入图腾的状态时，有更原始的力量会自由出现，有时候他心中出现的是一只猫，但是在墙上投射出来的是一只猛虎。有时候，他感觉在内心有一条龙在腾云而起，但是他的影子变幻出来的是一条小鱼。他享受这样的状态，但是不能用来表演。

又有几次，我央求刘潜龙师傅为我传授表演的秘密。他说他并不是故意要隐瞒什么，而是他也没有掌握其生成之法。他只是能强烈感受到而已，他根本就不是影子的主人。影子并不真正为我们所了解，虽然我们自以为影子只是我们的附庸，实则很多隐藏的秘密并不为我们所知。不要着迷于美丽的幻影，但是也不要小看它，虚空有时能够带给我们安慰。当时的话，我其实根本就没有听明白，我只是将其记在了我的日记上。记日记的习惯要归功于当时我年轻貌美的语文老师，她对我们教诲有方，说养成记日记的习惯有益终身。我在记日记的时候，总感觉书写在纸上的文字是我影子的碎片。

因受刘潜龙师傅的教诲，我对影子的观察开始变得敏锐起来。我甚至看出了刘师傅表演的一些小缺陷，那些都是很微细的变化。在现场人声鼎沸之时，刘师傅的影子会很轻微地晃动，有时会瞬间变得模糊；当有尖锐的异常响动出现时，他的影子甚至会开裂，裂出几道白色线条。他的脸部表情也会有不为人察觉的急躁，有时候看上去更像焦虑。我甚至能感觉到他内心的怒气，他在极短的一瞬间表情狰狞了一下，又复原了。他总在努力保持镇定。

干扰总是不断，帐篷居然遭窃了。其实帐篷里没什么值钱的东西，里面的设备非常简单，大部分是一些椅子。那天，我原本是要到帐篷看排练的，没想到走进帐篷时，刘师傅和张秀恩正在讨论对策，投影灯不见了，投影布也被划了几个小口子。少了一盏投影灯，整个帐篷一下子就空荡了很多。那时候的城乡接合部，经常有小偷出没。小偷可能是几个问题少年，往往并不是为了偷取贵重物品，只是想捣乱，让别人出洋相。张秀恩显得很着急，他对刘师傅说跑了一圈也没买到投影灯，是不是就用普通台灯替代几天。当天晚上又要表演了。我说要台灯的话，可以把我家的拿来。刘师傅说好的。

那个晚上，我还是坐在前排看表演，看着我的铁皮台灯摆在原来投影灯的位置，觉得非常新奇。幕布上投出了我家台灯的橘色灯光。那次表演的票价调整为五毛钱，因为刘师傅说怕影响效果。表演没受太多影响，但是灯光的效果差了一些。刘师傅额头上的汗珠少了很多，大概和台灯功率小有关吧。之后，我知道表演的秘密肯定不在灯上，也没有小妖怪困在一盏灯里，因为临时调换的台灯是我家的。也不在幕布上，因为那块幕布我观察过了，破损的地方露出硬的布头和丝线，并没有什么特别的地方。

后来我知道那次的偷盗是浪荡子高子政干的，我的一个表弟经常被他欺负，但是依旧喜欢跟在他的屁股后面玩。浪荡子高子政和我同岁，个头比我高，喜欢骑一辆自行车招摇过市，骑行时他能双手离把，这点倒令我佩服。为了刘师傅，我和他干了一架，气不过的是我听到他在诋毁刘师傅。我是听表弟说的，他说高子政偷了刘师傅的投影灯，就放在他家的一楼仓库里。我气鼓鼓跑过去，想侦察一番。没想到高子政刚好在仓库里，我当面指责他偷了刘师傅的投影灯。高子政没有抵赖，说要我管什么闲事，那变戏法的弄的是骗人的把戏，不过是给他一点教训。听到他诋毁刘师傅，我怒火腾腾，扑了上去。我一战成名，让其他两个在场的少年看得目瞪口呆，从此之后他们都对我心存恐惧，我才知道我有好斗的一面，但投影灯已经被弄断了。

如我的神勇一般，刘师傅在我们岛城的巅峰时刻不经意间到来了。岛城文化局组织的大型节庆表演邀请刘潜龙师傅做特邀嘉宾，当地的文化专员专程到帐篷里说在海悦广场上搭了一个特大舞台，要请他演个专场。那几天的海悦广场人山人海，我当然也去凑热闹了。那是岛城第一次有现场抽奖活动，现场抽奖环节动人心魄，常常有获奖者上台佩戴大红花领奖，有人抽到了洗衣机，有人抽到了高压锅，大家都跃跃欲试，要碰碰运气。有卖氢气球的，有卖光碟的，有卖油炸小吃的。欢快的音乐不断在循环播放，时不时还有不知道名字的怪声怪调的歌手在现场卖力演唱，声撼东海。

刘师傅的表演被安排在夜晚，在欢快热闹的舞蹈、唱歌表演结束前，我已经陪刘师傅在后台冥坐近二十分钟了，终于等到他上台了。这次表演和往常不同，热场的手影表演直接由刘师傅自己进行，那还是我第一次看到刘师傅做手影表演。因为换成了一盏大功率射灯，投在屏幕上的手掌显得非常巨大。刘师傅的手影表演更具故事性，讲的是我们岛城的一个美丽而悲伤的传说，一个海边的美丽姑娘被财主逼迫跳海后，被由她放生的一条大鱼安葬在了海底，姑娘变成了珊瑚。张秀恩在后台用话筒配合进行口技表演，有咯咯的笑声，有踩水声，有划船的声音，引发了台下的掌声和惊呼。

热场表演结束后，刘师傅坐到射灯前，强烈的灯光照映得他的脸煞白煞白的，身影被投射到巨大的荧屏上，我从来没有见过这么大的影子。那天的表演效果本来非常好，观众席上已经出现了此起彼伏的惊叹声。不过天公不作美，在刘师傅渐入佳境之时开始下雨了，转瞬就大雨倾盆了。大人都带着孩子走了，热闹的露天会场一下子冷清了下来。我看到刘师傅坐在雨中的舞台中央，大雨浇在他的脸上，他的身体猛烈地抖动了几次。那一天，投影里出现了三头六臂的升级版金刚形象，那个形象非常神圣。虽然是在大雨中，但是依旧有在场的观众，我看得背脊发凉。他还变出了一条巨大的鲸鱼，像是在波涛之间和大海搏斗，不知道是不是和那场大雨有关。

表演结束后，刘师傅得了重感冒，停演了一周。那一天他被浇透了，但是直至表演结束，也没有下场，他的影子穿过雨水投在荧屏上做着各种复杂的表演。刘师傅表演结束后，站起身来，不忘向在雨中撑伞看完演出的观众鞠了一躬，以示感谢。我叫我妈熬了鸡蛋姜汤给刘师傅，他在房间里睡了两天。

我丝毫没有意识到刘潜龙师傅在我们的小岛上已经待满两个月了。当偶尔听到他们讨论下一站的目的地时，我才忽然意识到刘师傅准备离开我们小岛了。最后的三场表演我都到现场看了，还拉上了我的弟弟妹妹，以前我总嫌他们吵闹，不喜欢带着他们。我没有注意到其实最后的几场表演观众早就稀稀拉拉了。

我看到刘师傅和张秀恩在收拾大帐篷，将椅子和道具装车了。张秀恩将台灯归还给了我，说刘师傅今天晚上要请我去他们的房间里坐坐。进门时，我发现红棕色木桌上摆了八碟熟食和冷菜，还有一瓶岛城盛产的苦海酒，一大瓶雪碧。看到雪碧我的嘴就馋了，还有熟牛肉、凤爪都勾起了我的食欲，那时候我不经世事，在临别之际依然容易被美食所诱惑。

我从没见他们喝过酒，那晚刘师傅要我坐下，给他自己和张秀恩都倒满了苦海酒，给我满上了雪碧。他说，他们明天一早就要离开海岛，搭早班轮渡前往一个山中小镇，那里有秀美的山景。虽然我早就预知了别离，但是听到刘师傅亲口说要走，我的眼眶马上湿润了，抑制不住地伤心。刘师傅和我碰杯，说傻孩子，以后我们还是会见面的。那天刘师傅喝了不少，而那一大瓶雪碧也几乎被我喝光了。

换成现在步入中年的我，倒是非常羡慕刘师傅当年的生活状态，他那时候的年龄其实和我现在相仿，凭借自己的一门绝技沿着中国的边境线流浪，像是中国的吉卜赛人。当然，也只有现在的我才能理解刘师傅在酒后对张秀恩所说的话。刘师傅和张秀恩碰杯，让张秀恩还是要跟上时代，不要像他那样选择主动抛弃俗世，而选择与寂寞为伴，想参悟幻影对他诉说听不明白的秘密。他是不得已而为之，这个世界对他来说太过复杂。他擅长的是和影子一起舞蹈，处理一些虚幻的东西。影子是温暖的，带着我们所不理解的旧世界的温情。这些话让张秀恩可以在今后的旅途中，选择一个喜欢的地方住下来。

我知道这或许是源于苦海酒的功效，我看过很多长辈喝完这种酒之后都悲伤不已。刘师傅说，他最大的遗憾就是从来没有变出过一个婴儿，那超出了他的能力。刘师傅敬了我一杯，说喜欢我这个小兄弟，叫我不要急着长大。我也以雪碧代酒，敬一下刘师傅，问刘师傅什么时候还会回来。刘师傅半开玩笑地说，环中国行表演，每个地方要住两个月，完成可能要三十年后了。我说你要答应我三十年后回来。刘师傅说，嗯，好的，一言为定，就在三十年后的今天，也就是五月八日，到时候你到新码头来接我，在候船室里面等就可以。他举杯将手中的剩余的苦海酒，一饮而尽了。

第二天一早，我想着早点醒来，还可以帮忙搬运两只棕色皮箱，但是当我醒来时，我发现他们已经装好车了。我赶紧跑下楼，刘师傅和张秀恩分别和我拥抱了一下，坐在货车副驾驶座上，摆摆手就走了。后来我坐船，经常会想起和刘师傅的约定，想象着多少年后他会重新回来，那时候的我无法预料到这个现实世界的无常，根本猜想不到新码头居然废弃了，现在我们去市区都是坐车，通过一条长长的跨海大堤。

有次吃酒，我和张静浩说起刘潜龙师傅，他依旧对刘师傅有着深刻的印象，特别是第一次和我去看免费表演的情景。现在，要碰到张静浩也不容易了，他搬到了省城，有三年没有回来过了。我很期待明年的五月八日，那约定的日子越来越近了，我不知道刘潜龙师傅是否还记得当初的约定，也不知道张秀恩是否还跟随着他。我上网查过影子表演的信息，没有任何的消息，不知

道是不是我连他的名字都记错了，或者是关键词输入错误。反正
我肯定会在那一天等在废弃的新码头，待上一整天。如果真的能
看见他，我不知道能不能第一眼就认出他，好在去那里的人几乎
没有，应该很好相认。我已经备好了五年陈酿的苦海酒，还会请
他好好吃一顿海鲜。我总是抱着希望。

悲伤的母鲸

面对太平洋蔚蓝色的波涛，我被它的无垠征服了，又一次听见了鲸鱼的哭泣之声。我从来都没有想过自己能走这么远。跟随一个自由行小团队，我和女儿闻闻一起，乘坐着苏菲号邮轮前往夏威夷。旅途中我们看见了一头庞大的鲸鱼掀起波涛从船侧身掠过，后面跟着一头在快速游动的小鲸鱼。站在甲板上观海的游客们发出了惊呼，我们也有幸目睹了那一刻，听见了母鲸在海水里发出的歌唱。久久看着它们在海水里游弋，直至消失。不知为何，我总觉得鲸鱼的歌声是如此凄美，像一则悲伤的童话，让我想起和表妹汪默玲在大海里一起潜泳的那些下午。

坐在礁石的背阴处，面对夏日刺眼的海面，我断断续续听默玲给我讲述她正在努力编写的鲸鱼童话，感觉有些疲倦。那个时候，我的想象力尚未衰竭，靠向往之心聊着我们即将开启的大学生活及未来的人生。我当时确信默玲最终能够成为一名画家，误把她靠倔强表现出来的叛逆理解为艺术气质了，我说我很希望能够看见她画下彩色的鲸鱼，而最终我却看见她的女儿愿愿在 A4 打印纸上画了一只在云中翱翔的彩鲸。

默玲那时候留着一个齐脖的学生头，尚未学会打扮，我也还显稚嫩。高中毕业的那个暑假，我常常和她在无人的岙口闲玩，坐在礁石上听默玲讲一小段她自己可能都猜不到结尾的童话。我像是她的童话的合谋者，和她一起反复探讨故事中让人捉摸不透的细节。我们一起在太平洋藏起的想象世界里走很远，两只笨拙的海龟，入水后变得敏捷。在编造童话故事的那段时间里，默玲说，她总是能够听见浪涛里传来远方的歌声，那歌声很轻微，带着深海的寒冽，又像是夜里有人在另外一座岛上摇晃着矿灯，若有若无。

　　其他的绝大部分时间里,我们像儿时伙伴一般一起巡海。我们常做的是捡海螺,捡得最多的是锥玻螺。比小拇指还小的锥玻螺布满了海岸,很轻松就能抓到一小袋,是我们解馋的小零食。将海螺带回去之后,姑婆很乐意帮我们煮熟,其实也就是滚水里过一下,装在瓷碗里给我们。直接用银针挑着吃,或者是需要有一把尖嘴钳,把螺尾放进尖嘴钳的细缝里,轻轻一掰,就能把螺尾剪掉。有时候姑婆会稍微加点油料、蒜头、酱油炒一炒,依旧借尖嘴钳去掉螺尾吮吸或者用银针挑着食用。姑婆烧菜的手艺很好,经常给我们变着法子弄点小吃,像酸菜饼、蒸糕、紫菜丸子,都是美味而费工夫的活计。

　　东海包裹着我们沉默的岛屿,它又连接着无垠的太平洋。每一年海流都会将远方的故事带过来。某些海域依旧是万物诞生之地,原始而神秘的海水激荡着无数不为我们所知的秘密。那里是鲸鱼的故乡,它们爱唱歌,只是离我们太远了。

　　那里,只要是晴天,总是有着让人可以忘忧的碧蓝,温柔的水草抚摸着海底的泥沙。有一只小鲸鱼被妈妈含在嘴巴里,躺在妈妈温暖的舌头上。她的名字叫作泡泡,是个早产儿。在她出生的时刻,海底刚好冒出来很多巨大的气泡,在海水中晶莹地升起。鲸鱼妈妈看着这只可怜的小鲸鱼,皮肤皱巴巴的,但是眼睛早早张开了,天真地看着海底的世界。

　　鲸鱼妈妈疲惫而欢乐,她向海神祝祷,祈求海神能听到她内心最诚挚的祝愿。她希望鲸鱼宝宝会得到眷顾,长得和她母亲一样健硕。妈妈好几天没吃饭了，用嘴含着自己的宝宝。在一片安宁里，她长得很快，她很快变成了一条结实的小鲸鱼，游出了妈妈的嘴巴。小泡泡跟着妈妈长大，对世界充满了好奇，一会儿浮到海面换气，一会儿潜入海底玩泥沙，她还没有完全了解大海。

　　默玲就比我小一岁，是我的远房表妹，从小和我青梅竹马，她的外婆是我的姑婆。高中毕业的那个暑假，我们坐在礁石上看落日。那时候的落日，对海岛的孩子而言司空见惯，常常忽略眼前最诗意的自然画面。我和她亲如兄妹，在那个暑假之前，我感觉我们都不会长大。对着大海，我们有时候只是发呆，默玲哼唱一些曲子，她的嗓子不太好，有些嘶哑，但是你可以听出那哼唱很深远，带着古意和至深之情。快二十年后我成为本地的民俗专家时，才了解她所唱的是一项我们岛城只有极少数人传承的非遗艺术，本地老人称之为"鱼诵"，那是源于鱼神祭典的很古老的一门绝技。默玲经常说，那些曲子是她在记忆深处的裂缝里听见的，有些是遍布岙口的卵石所保留的，有些是她潜入海里的时候漩涡唱给她听的。

　　在退潮和涨潮之间，我们可以等待沙画，那是小个子沙蟹的杰作。沙滩上有很多细小的空洞，那是沙蟹为自己挖出的呼吸通道。你不知道有没有小家伙就躲在空洞里面。它们太轻了，在微微的海风中跑得飞快，仿佛是一些沙子精灵在沙滩上滚过，或者你会认为是自己眼花了。不去打扰它们，它们会只顾自己用几乎看不见的小细脚来挖坑。你只是走开一会儿回来，沙滩上就已经出现了许多细小沙球组成的美丽图案，有些像一对翅膀，有些像稻穗，有些像波浪，那是大自然最惊奇的画作之一，这一切都只出现在下一阵的海浪将它们抹平之前。

在默玲妈妈的祭日，默玲坐在礁石上为我唱了一曲我此前从未听她唱过的鱼诵，她说那是她妈妈曾给她唱过的摇篮曲。等我们走进沙滩，我们惊讶地发现在沙滩中间地带出现了一幅大型的旋转图案，像是几只沙蟹在一致的节拍下舞蹈产生的。那形状像是一颗旋转的金黄色夜星，或是一股在自我旋转而突然静止的水流。后来，等我大学毕业后去上海求职，漫无目的地在上海某大学美术系参观，看见学生的凡·高画作临摹展，旋转的星星图出现在我的眼前时，我恍然大悟，那一天沙滩上出现的美丽图案所具有的旋转线条，或许就是凡·高特殊技艺的天然来源。而那个时候默玲已经公派留学去了，听说交往了一位韩国籍的男朋友。

海峡里，鲸鱼妈妈向鲸鱼神婆询问小鲸鱼的未来，鲸鱼神婆唱起了只有海神能够真正听懂的歌曲。向海峡的深处看去，有时候你会看到海底动物亮起的灯盏，和水下气体冒起的泡泡，在升向海面。在启示中，鲸鱼神婆读到海神为她所展示的小鲸鱼的未来。她告诉鲸鱼妈妈，她看到了大面积的黄色、绿色，小鲸鱼注定要过上和她们不一样的生活。在鲸鱼妈妈的理解里，过上和她们不一样的生活，就是会过上幸福的生活。

小鲸鱼很奇怪鲸鱼神婆为什么总是显得那样哀伤。她还太小，不明白对于能看到众多未来和过去的个体心灵而言，鲸鱼神婆所需要独自承担的重量。鲸鱼神婆有些话没有告诉鲸鱼妈妈。她只是说一切都是海神的安排，所有的我们都将复归神秘的怀抱，让鲸鱼妈妈一定要每天以歌声向海神祈请。

鲸鱼妈妈牢牢记住这些话，每天教自己的女儿唱歌，向着海峡的深处，祈求她们都能远离那未知的风暴。但是命运自有它的安排，那分离的一天终于来临。在浮出海面时，她们听见猛烈的爆炸声，海水和巨大的船只在燃烧，爆炸带来的震动让她们惊慌失措，她们所无法理解的世界正在疯狂攻击自己。鲸鱼妈妈带着小鲸鱼快速逃窜，直至她们迷失了方向，来到了近海区。

在岸边，我们遇到了无数的漂浮物，它们可能来自遥远的地球另一面，或许有些已经在海上漂泊了数十年。最多的饮料瓶、绳索、竹竿、木头，偶尔还能捡到椰果和搁浅的鱼。有一次，我们在一座几乎干掉的礁石里发现了两只横躺着的海豚。海豚其实是一种很漂亮的动物，头部附近有一圈颜色非常鲜艳的皮肤。我伸手触碰了其中一只，发现它还活着，另一只也活着。默玲有点兴奋，说我们还是将它们放了吧，我将那顽强的小生命丢回了海里。我总在想，如果没有遇到我们，它们是否能坚持到下一个潮涨之时？

有时候你根本不清楚你会发现何物。我的表叔公曾在一个月夜在沙滩上捡到一只大木箱，他用卵石将木箱一角敲碎，掰开一块碎木头后，发现里面躺着一把崭新的冲锋枪。他拖着箱子回家，整晚失眠，第二天天未亮，他就将木箱运到了岛城的警局。后来，大家都传那是公海上的走私团伙所丢失的武器。还有一次，近海有一艘运输船触礁沉没，浮出了无数的罐装可乐，很多渔民驾着小船去打捞，我们也在沙滩边捡到了几听，街上到处可见大家在喝可乐。

有一次，我们在沙滩上找到了一个漂流瓶，那是一只我们从没见过的异形玻璃瓶，呈椭圆状，瓶口塞着木头，外面封了一层胶漆。里面装着一朵白云。我使劲摇动瓶身，那朵白云就跟着变幻形态。那是一个晴天，我将漂流瓶举高，默玲说背景里的蔚蓝色和这朵云更加相配。默玲执意要将瓶子打开，她说那是一朵被封印的云，我们应该将那朵云放生了。当云从瓶口快速涌上的时候，我们听到了类似浪涛的声音。涌出的气体包围着我们，形成了一阵春雾，我的眼镜片都模糊了。接着那阵云慢慢上升，回到了天上，在阳光的照射下反映出它自身的纯白。我当时根本没弄明白那朵云的意义，只是一味觉得好玩。

我和默玲也写漂流瓶。默玲买了专用的彩色信纸，将信纸塞进玻璃瓶内，再以橡木和密封胶水封好，我知道她多半是写给她妈妈的。对我而言，写信纯属好玩和寄托浪漫，我给太平洋写了一封信，希望有一天那捡到的人能给我回信，我当时留了地址。

它们游进了一处浅滩，当鲸鱼妈妈觉察到危险时已经有点晚了。潮水在急剧地下退，她第一次大声训骂自己的孩子，要小鲸鱼乘着海水未退前赶快离开。小鲸鱼哭着缠绕着她，一会儿又笑了，她还不太清楚即将发生的事情，她还以为这是妈妈对她的训练。

几天过去了，太阳照射着她暴露在外的巨大身躯，潮水时涨时落，都没能推动鲸鱼妈妈笨重的身体。鲸鱼妈妈能够侧着身看见远处的岛屿，还有远处海面上经过的一只渔船。小鲸鱼饿了，乘着涨潮游到鲸鱼妈妈的侧脸边，喊着妈妈快点带她捕食。鲸鱼妈妈用眼睛斜视着她，忍住自己的泪水，她其实更担心小泡泡。

鲸鱼妈妈虚弱极了，她没有忘记鲸鱼神婆的告诫，她安抚小鲸鱼要勇敢、安静。鲸鱼妈妈用她最后的力气动情地歌唱，用尾巴拍打着沙滩，直至海神听到了她最后的祈祷。饥饿的小鲸鱼睡着了。她不知道海神满足了鲸鱼妈妈最后的请求，将她变成了一位小女童。她的手里抓着一只鲸鱼妈妈变成的鲸笛，睡梦中她能够感受到鲸笛带有的妈妈皮肤的冰凉，躺在那个巨大的沙滩凹痕里。只有她一个人，在月光下光着身子。

远处那只渔船上的渔夫目睹了海面上相互攻伐的军舰燃烧、沉没，带着惊恐和疲惫，绕道到了这片偏僻的海域。他是位善良的渔夫，他似乎发现了远处岛屿上搁浅的鲸鱼，他的小渔船在慢慢靠近。有段时间他疲惫极了，小盹里他似乎听见了悲伤的歌唱，梦见海神抱着一个小女孩送给他。渔夫的妻子一直还没有生育，他们梦想着能有一个可爱的孩子。当渔夫看见小女孩躺在沙滩巨大的凹痕里的时候，感觉太不可思议了。小女孩醒了，很疲惫地抽泣着，手中紧握着那个黑色的鲸笛。渔夫脱下自己的衣服包裹着她，抱着小女孩回到了船上，给她熬了一锅鲈鱼汤。渔夫驾着渔船返程了，感激海神的恩赐，将她带向了远方的岛屿。

更多的时候，我们一起在海里游泳。海边的家庭一般反对孩子游泳，但我爸妈并没有太多的时间管我和弟弟妹妹，那时候的家长都忙着赚生活费，只是偶尔看到我的脚划伤了才臭骂一番。我每次都很诚恳地表示下不为例，但是一到夏天还是会蹦到海水里。我从小就成了游泳能手，那时候下水都是光着上身，只穿一条小短裤。渔村里，连小女孩也是下水的，都晒得黝黑，要一个秋冬才能重新养白。到后来女孩会穿一条背心下水，再后来她们就在沙滩上踩水，那个时候她们就慢慢长大了。

不过默玲给人的感觉不一样，她很早就有了一条黑色连体款泳衣，在海中嬉戏的时候让她看上去像是一条神气的鲨鱼。可能因为姑婆是校长的缘故，默玲的泳姿受过专门的指导，和我的野蛮生长很不一样。她是憋气的高手，可以长时间隐没在海水中。在海中憋气，是我们小时候一群顽童常玩的对抗游戏。比赛时，你可以选择站在海水里，也可以趴着浮在水面上，只要你把自己的头浸泡在海水里就可以。我很喜欢抱膝漂浮在水中，感觉自己像是一只随着波浪浮动的水母。而默玲喜欢扎进海水里，有时候整个身体都看不见了，直至很长一段时间后才悠然出水。

高中毕业的那年暑假，我收到了我的小叔送的一副标准泳镜，有着深蓝的色彩。我终于可以轻易在水下睁开双眼了，那感觉像是重新获得了视力。碧绿的东海水通透性不是特别好，只有到深水区通透性才会越来越强。戴上泳镜后，我能在憋气时看见阳光穿透在海水中，像太阳伸进大海里划动的白桨。在水下，睁开双眼看着身边的海水滚动着气泡，耳朵里能听见很宁静的水流声，是一种很空洞的白噪音，会让你觉得正在和自己对话。

我看清了默玲在水下的泳姿，以前我从来没能看清楚过。不是被她曼妙的身材所吸引，而是她游泳时的动作。那是一种无比自由的感觉，她穿行在海水中像是大海真正的女儿，让我惊羡。但是当她逐渐游远，以至看不清时，我又会感觉到她那自由的姿势非常孤单。

那也是我第一次听到默玲在水中唱歌。说是唱歌也不对，是一种哼唱，微微张开嘴控制着水波。当我靠近时，水波所产生的振动包围着我，不再是在陆地上她沙哑的声音，我的皮肤能够感受到跃动的流水所产生的轻微撞击感，内心隐隐有些悲伤。戴上泳镜，让我发现了这个我早应发现的小秘密。以前有几次，我还给默玲分享过，我听到海流所带来的律动之声，她却总是笑而不语。多年之后，我才明白"鱼诵"在水下表演的难度之大，能够表演的人少之又少，需要有极强的水性，一般人能接触到的都是庙会上的表演。

渔夫妻子抱着手中的女娃娃，开心极了。他们给她取了一个名字，叫鲸女。鲸女慢慢长大，吃着陆地上的食物，喝着井里的水，踩着泥土，呼吸着空气，变成了美丽的小女孩，有着光滑白皙而湿润的皮肤。

她从小喜欢海洋，经常独立偷跑到沙滩上，看渔船进港，她能够感觉到那无边无际的大海里有和岛上完全不同的世界。在梦里，她总是感觉自己能够听见大海深处的歌声，鱼群围绕着她共舞，水光里有位美丽的老师在教她吹奏鲸笛。

她醒来，将她的梦境告诉她的渔妇妈妈。渔妇妈妈总是告诉她，她是海神赐给他们最珍贵的礼物，是他们心爱的女儿，海神会告诉她应该怎么做的。鲸女想让渔妇妈妈教她吹奏鲸笛，渔妇妈妈带她走访了群岛上各个乐师，没有人见过这把乐器，也没有人能够将鲸笛吹出任何声音。

这个乐器吹奏出的凄美旋律只有她一个人能够听见。她只能一个人来到海边练习演奏，她总觉得在海洋的那一边有谁在回应她。有一天她站在礁石上吹奏，大潮水将她卷到了海里，她根本不清楚她自己有着天然的水性，这是她必然得到的邀请。她的身体发生了变化，微微膨胀起来，她的背部长出了鳍。她自由自在地在大海里游泳，甚至在水下吹奏起了鲸笛，产生音浪鼓动着海水，周围的鱼群都停住了。

回到陆地上，她开始闷闷不乐，感觉自己被围困在岛上，她渴望能够去遨游，她无法和别人说出这个感觉。她总是抽空就跑到海边，有时候，鲸女会乘着夜色跑到大海里，在海里游到很远。游累了，她才回来，她觉得自己更加孤单了。她能够听见从大海里传来的隐约的呼唤。有一天她的渔妇妈妈摸着她的头说，妈妈知道她长大了，变得多愁善感了，可以多去看看外面的世界，但是要记得回来。

也就是在那个暑假，我在海底第一次撞见了鲸鱼。近二十年后，如不是和默玲再次核对当时所见，我都已经感觉那只是一场我关于海洋的青春之梦了。那条鲸鱼个头不大，应该有七八米，像海中隐士般悄然行进，跟随在默玲的身后，无声地保持着距离，像在学习默玲的泳姿。在海底阳光的光树中，我原本还以为远远遇见了一段海中的浮木。我的皮肤感受到了鲸鱼游动所产生的水流变化，我听见了鲸鱼发出的由水波传递而来的轻微歌声，那声音像是在要求默玲和它共舞。

我才看清默玲已经知道了它的存在，好像是在替它引路，介绍着这片海湾。她们盘旋在海水中，我的水性还不够好，没能跟上她们。在那可闻的歌声中，我了解到那只独游的鲸鱼循着默玲的鱼诵之声而来，经历了漫长的海路，在我们东海这片海域内等待那歌唱者出现。凭借记忆，后来我感觉自己碰见的是一条抹香鲸。我们岛城历史上只出现过三次关于鲸鱼的记载，最近一次的搁浅发生在新中国成立初，搁浅的鲸鱼被闻讯而来饥饿而兴奋的渔民们给分割掉了。

上岸后，我看到默玲身体里洋溢着喜悦。默玲说，那只叫阿提塔亚的鲸鱼邀请她去辽阔的深海看看，在那里可以学习到更加古老的歌声。我当时没有解读出默玲在这里面所表达的含义，我丝毫没有预料到默玲会走得那么远，而且是那么迅速。

报考大学时，我报名了云南的学校，默玲读了上海的大学，那都是我们这种小岛民第一次真正意义上离开群岛。我憧憬云南的雪山、湖泊、原始森林和少数民族风情。我被云南的古老和朴素吸引住了，周末和户外爱好者去穷游，我几乎走遍了云南的各个古迹，沉浸在与海岛迥异的异域风光中。在爬一段野城墙时，我还费劲地搬回来一块废砖头。我认识了一位长发飘飘的瑶族姑娘，我被她特别的服饰迷住了，她的头发里有一股药草的天然香味。她教我弹奏乐器，我也是从她那里第一次认识了竹筒琴，我甚至学会了根据节奏像模像样地跳舞。

有时候我和默玲会在 QQ 上聊天，那时大家都没有电脑，都省吃俭用到网吧里，登录上刚刚起步的聊天工具，等待前段时间的留言。我知道她在计划考取雅思了，那个时候她已经认识了几个外国人了。在我意识到她仿佛是在准备逃离时，她基本上已经和旧有系统里的人都不怎么联系了。她甚至暑假也不回家，有段时间，她连跟外婆都很少通话了。

我知道她会走得很远，但是没想到她会走得那么远，一度我以为这辈子都见不到她了。这世间，人和人的相遇很奇妙，某段时间随时可以有说有笑、托付生死，而当时空拉远了一切，你会忽然发现原来那曾经朝夕相处的人已经成为另外一个时空互无交集的人物，仿佛只曾照面。多年之后，当我成了我们岛城小有名气的记者，在走访中从亲戚那里听到默玲成才的消息时，我居然像是在听闻一个都市女性的励志故事。那个和我亲如兄妹的女孩子，走出了落后的海岛县，在攻读完博士之后，留在加拿大一家海洋生物研究所工作，和她的韩国老公离婚后，独自抚养着她的女儿，这些都像极了电视剧里的情节。

她长成了一位亭亭玉立的姑娘，岛上的青年男子纷纷向她示爱，她只对他们说，谁能够唱出她吹奏的鲸笛的乐曲，她就嫁给谁。但是没有人能听见她所吹奏的乐曲，不管忧伤或者欢乐。

直到元宵节那天，她碰上了一位独自驾着海盗船而来的年轻海盗，她早就在海边看见了那艘挂着黑布的木船。他散发着男性坚毅的无所拘束的魅力，他说他听见了优美的笛声，那优美的笛声让他偏离了自己的航道，把他带到了这里。

他让她不要害怕，他说他其实并不坏，他只劫掠商船，只要对方配合，他会告诉他们海中应该避免的暗礁和远方的风暴。他来自远方的岛屿，在某次沉船之后，他曾听见救起了他的鲸鱼唱出了刚才她吹奏的歌曲，他对她说她不属于这里，他说要带她一起去看无穷的世界，那些布满美丽的珊瑚群的海洋世界。

她爱上了这位年轻的海盗。但是在那个温柔而美丽的月夜之后，年轻的海盗悄无声息地离开了，好像从来就没有到来过一样。她怀孕了，因为怕其他人看见，她独自住到了一座孤岛上，那里住着一位负责看管海神庙宇的神婆。

那是一个美丽的晨曦，小女孩出生了，鲸女给她取名叫小晨曦。神婆帮她在海中接生，小女孩在海中好奇地睁开了眼睛。出水后，她才开始哇哇大哭。怀抱着襁褓，鲸女告诉自己的孩子，她要替她去寻找梦中的家园，等她长大了就会带她过去。如果她想念她的话，可以吹奏鲸笛，她一定能够在远方听见她。小晨曦像是能够听懂她的嘱托一般，安静地看着她。鲸女跳进海里变成了一条鲸鱼，游走了。

我根本没想到还能再次和默玲一起悠闲地坐在礁石上，听着浪花的拍打，与她重温当年共同创作的童话故事。去年秋季，我接到一个新闻采访任务，岛城第一中学杰出校友汪默玲要回乡举办一个讲座，那是我们一起就读的高中。那场关于海洋生物的讲座精彩非凡，让我由衷感叹，她和我们这些凡俗之间已经产生了巨大的人生鸿沟，让我心生自卑。当然我真心地为她高兴，她打扮得很阳光，有一种富有自信的学者气质。

那天她所讲的主题是海洋生物的智慧，大会堂的投影里滚动着她和海洋生物们亲密接触的照片，打动着座位上穿着整齐校服的高中生。她讲水下生物群落相互依托的生存系统，讲海洋里隐藏着的奇妙音乐，讲她自己在美国西海岸救治一只受伤海豹的经历，讲她和几位世界各地的伙伴去南太平洋海沟里探险差点触礁的过程，分享时她还夹带了一些闽南方言和众多的英文。也是在会场上，我看见了坐在第一排的她的女儿。

课后我单独采访默玲时，她表现得温情而大方。默玲说小女孩叫汪双亦，小名愿愿。她让愿愿喊我舅舅，并向愿愿介绍我是一位作家。采访结束后，她约我一起吃午餐，我说肯定是我这个当舅舅的请客。愿愿没怎么吃过家乡的特色小点，猫耳朵、紫菜丸、鱼冻、泡圆汤等本地特色小吃我点了一桌。我其实很想问问默玲这近二十年的经历，又不太好问，只是和愿愿分享着我们小时候到海边玩耍的各种欢乐场景。愿愿说她很喜欢大海，她在加拿大海滨遇见过一只一百多岁的海龟，它和其他海龟在沙滩上慵懒地晒着太阳。坐在餐桌前，我感觉我和默玲更像是团聚的亲人。

周末没什么事情，我就约着默玲带着愿愿，还有我的女儿闻闻一起去海边玩。那是高中毕业暑假时我们常去的沙滩，周边正在开发中，山上盖起了一些几乎要烂尾的别墅。两个女孩子一下子就玩在了一起。和无数的小朋友一样，沙滩对于孩子而言都是超级大乐园，两个女孩子堆起了沙堡，把自己埋在沙子里，踩不断起伏的海浪，裤子和衣服都被打湿了，她们高兴得像无忧无虑的天使。

我们无所事事地坐在礁石上看着她们。我婉转地问起她老公的事情。没想到，默玲很坦然地和我讲起了她的经历，她似乎一直在等待我这样一位倾诉对象的出现。我觉得她的确活成了故事里的人物。默玲说愿愿是单亲儿童，她和韩国男友分手后，单身了多年。几年前，她在加拿大通过人工授精生下了她的女儿。愿愿出生时，她并没有感觉到过分强烈的痛感，这个是愿愿所给予她的恩赐。她其实一直单身着，只是为了给外婆一个交代，她谎称自己和韩国男友领证了，婚礼要等以后回韩国再补办，到时候还要接外婆去。愿愿出生后，她很想带愿愿回国看望外婆，但是那时候孩子还小，她的工作也忙，一直没有成行。她总是在犹豫，见到外婆时，是否应该坦白这所有的一切，还是继续编造完美的谎言。没想到，那一切都是多余的。愿愿最终没能让外婆见上一面，这成了她最感到愧疚的事情。

　　神婆将小晨曦交给了渔妇妈妈，脖子上戴着鲸笛。渔妇妈妈变成了渔妇奶奶。渔妇奶奶开心极了，又带着悲伤，她明白这可能是海岛女人不可逃避的命运和小生命的延续之道。渔妇奶奶抱着小晨曦，像当时抱着鲸女。

　　渔妇奶奶只希望小晨曦能够平安地长大，少一些忧伤。渔妇奶奶把鲸笛藏在了柜子里，上面堆着几层棉被。渔妇奶奶不想让小晨曦靠近海洋，她告诉小晨曦家里悲伤的往事，告诉她她曾经有过一位伯伯，被大海夺去了生命。小晨曦对大海有着一种茫然的恐惧。

　　小晨曦很懂事，像个小大人，和她妈妈当鲸鱼女儿时的天真完全不一样。她很体贴渔妇奶奶，会一起干家务，扫地，洗衣服，煮饭。小晨曦很坚强，摔倒了都不会哭。当渔妇奶奶生病的时候，小晨曦能够照顾她，为渔妇奶奶烧一锅乌贼干退火汤，还给渔妇奶奶讲她自己梦见大海的故事，虽然她从来没有下过海。

　　小晨曦很羡慕别人会唱歌，但是她从来没有学过任何一首歌曲。只是在梦中，小晨曦经常会隐约看见一件藏在黑暗中的乐器，一只她在襁褓里见过的乐器。她甚至能听见谁在海中教她唱歌，吹奏乐器，那是一位皮肤白皙的美丽女子。不过，那些教授的歌曲和乐曲她都听不清晰。渔妇奶奶就睡在她的身边，看着小晨曦从梦中抽泣地醒来，知道她应该是在思念离她而去的妈妈。

默玲约我去她家坐坐，也就是姑婆的老石厝。默玲将老房子整理得很整洁，桌子上铺了布料，摆上了一些花瓶。愿愿在做手工，我给她带了一盒彩笔。我坐下来，默玲给我倒了一杯手工研磨的咖啡。默玲说她想要把老房子再简单修整一下，以后假期会回来住。喝着味苦而浓香的咖啡，我恍惚间将默玲错看成了我的姑婆。姑婆一直爱整洁。小时候的印象里，姑婆的皮肤白皙，喜欢穿乳白色的小褂，听我妈说姑婆会经常用石膏水将小褂给浆一下，姑婆也是远近闻名的美女。

我看得出默玲的身体里所强抑住的一股无言的伤感，她想让我讲讲姑婆过世时的一些情况。我说，姑婆去世时走得非常安详，她自己预知时至，把寿衣都提前买好了，很清爽地就离开了，没有麻烦别人。默玲说自己在加拿大其实很忙碌，但只要空下来，她就会想象自己带着愿愿和外婆相聚的情景。她能猜到，如果外婆得知她们要回国的消息，肯定会提前很久开始准备。她甚至能想象外婆见到自己和愿愿时脸上无比欣慰的表情，甚至一定会噙着泪水。

姑婆去世时，姑婆的大侄子成了办丧事的主力，其他很多晚辈都来帮忙了。我被委派为姑婆写悼词，才知道了姑婆悲欣交集的人生经历，了解到原来本地流传的鲸鱼女儿的故事讲的就是姑婆，我本以为那纯粹是一个传说。姑婆在抗日战争爆发之时出生在香港，她的妈妈是当地一位巨贾的小妾，住在别院里，彼时山河破碎，巨贾准备举家逃难。姑婆的亲生母亲感觉到风雨飘摇，把孩子送给了她用人一家抚养，给了一枚玉埙作为信物。她的用人就是我姑婆后来的妈妈，也就是我的阿太之一。

阿太夫妻带着姑婆坐着帆船返回家乡。在漫长的海途中，阿太抱着姑婆时，那枚玉埙竟失手掉进大海里了。也就是在那时，她们看见了一条母鲸，身旁跟着一条小鲸鱼，并且听见了清晰的鲸唱。姑婆被人说成是鲸鱼的女儿，是这个原因。姑婆从小就表现得和一般的女孩不一样。姑婆成年之时，海岛刚刚解放不久，姑婆去师范学校进修，回家当上了乡村教师。后来嫁给了我当船老大的姑爷爷，只生了一个女儿。可惜有一年姑爷爷在渔业公司派船外出贸易时，遇到了海难，姑婆那个时候也四十多岁了。她慢慢成为我们当地的名师，后来还当上了我们乡中学的首任女校长。默玲的妈妈在默玲很小的时候因病去世了，姑婆又一个人养着默玲。家族中很多的晚辈，也都是姑婆帮忙带大的。送葬那天，队伍松松垮垮走得好长，很多人都默默流泪，大家都在讲姑婆值得夸赞的为人，也为她的外孙女没有到场而倍感凄凉。

默玲越听越是感伤，默默流着眼泪。我说姑婆是喜丧，不要伤心。默玲说自己其实是懊悔，不仅仅是因为没能带着愿愿见外婆一面。外婆去世时，她刚刚动完一个小手术，无法赶回来，那几天她躺在住院部里百感交集。她说前几天，她让叔叔带他们去外婆墓地扫墓，她买了两盘大白菊，公墓里安静而荒凉。看到外婆大理石墓碑上的刻像，她的眼泪哗啦一下子就流出来了。愿愿极其懂事，跟着她跪在外婆的墓前祭拜。

默玲说，外婆过世后，她总是想着回来，不然她就心神不宁。默玲说自己以前的愿望，是能够变成一条真正的鲸鱼，游向无边无际的大海。在差不多十年前，她觉得自己骄傲地完成了夙愿。那时候，她戴着氧气罐畅游在一个鲸鱼群里，和鲸鱼们一起合唱，像是它们之中的一员，在无限蔚蓝的深海里。那一时刻，她觉得自己所有的付出都是值得的，她像是替她妈妈和外婆活着。不过后来，等愿愿出生时，她才体会到她原来对生命的理解还是过于肤浅了。

默玲说见到愿愿啼哭着，她自己流泪了，不过她没有让人看见。那一刻，她突然无比思念她的外婆。默玲很少讲到她的母亲。小时候，外婆总是和她说妈妈游去了很远的地方，变成了一条鲸鱼。她其实早早就清楚这背后的意思了。外婆在她大学时，才完整地和她说起她妈妈的事情，改革开放初期，妈妈和回乡创业的一位华侨恋爱了，没想到他早有家室，妈妈还是坚持把默玲给生了下来。

渔妇奶奶去翻那个堆着棉被的柜子，却发现鲸笛不见了，棉被下压着一块黑色的石头。渔妇奶奶不知道鲸笛因为太寂寞，枯萎了，变成了一块丑陋的石头。渔妇奶奶以为鲸笛被小偷偷走了，很沮丧地将黑色石头扔了，就扔在院子里。

一天，神婆来岛上卖草药，看见了可爱的小晨曦。她拿了一只七彩的贝壳给小晨曦当作见面礼。小晨曦问神婆，为什么别人都有母亲，而她没有。神婆告诉她，她有一位非常美丽的母亲，会歌唱，会吹奏梦中的乐器。小晨曦第一次听到她有一位会唱歌会吹奏梦中乐器的妈妈，她想起了梦中的场景，仿佛真的见到了自己的妈妈。小晨曦高兴地哭了，神婆将她搂在怀里。

神婆教小晨曦唱她妈妈唱过的歌，小晨曦一下子就记住了。小晨曦有空就唱神婆教过的歌。当她歌唱时，她都能听见院子有个角落里发出类似蝉鸣的声音。小晨曦循声而去，发现那是一块黑色的石头，在使劲抖动，像是在呼唤她。小晨曦把它捡起来，对着它歌唱，它在她的手中，像是在跳舞。小晨曦带着它来到了海边，对着黑石头练习唱歌。

当一阵海浪涌动上来，黑石头被打湿了，黑石头在小晨曦的歌声中变回了鲸笛。小晨曦惊讶极了，当神婆又一次来看望她时，她拿给神婆看她所找到的梦中的乐器。神婆告诉她那是她妈妈留给她的，当她思念时，就请她吹奏鲸笛，她妈妈一定能够听见。

愿愿和闻闻成了好朋友，常常会来我家玩。愿愿带了一幅她自己画的画给我看，取名叫《空中的鲸鱼》，画的是一条在空中飞行的七彩鲸鱼，有一对母女坐在鲸鱼的背上，说灵感来源于闻闻前两天给她讲的鲸鱼女儿的故事。愿愿画得真好。比起闻闻，愿愿很会表达，她很乐意分享她的经历和知识。她说她和妈妈在南太平洋见过鲸鱼，不过当时鲸鱼没有唱歌，鲸鱼的歌声是她在妈妈的手机上听到的，她妈妈说她们其实不懂得鲸鱼的智慧，它们是和人类一样的高等哺乳类动物，有着自己的族群和文化。

闻闻有点嫉妒她，闻闻很激动地说爸爸以后肯定会带她去看鲸鱼的，还说爸爸要给她打造一把童话故事里的鲸笛。我附和着答应了，但是没想到也就是因为给闻闻的承诺，第二年我们两家报了去美国旅行的线路，那是我走得最远的一次。我从来没有想过我能够走那么远，我甚至提前练习起了蹩脚的英语。

闻闻很喜欢约着愿愿去沙滩玩，我和默玲也有了更多对话的时间。坐在礁石上，我请默玲给我听她录制的鲸鱼歌声。默玲边拿出手机边说，肯定又是愿愿说的，她为我播放了一段她在深海里收集到的一只叫雅典娜的鲸鱼所唱的惊人之曲，它所用的语言频率要高出普通的鲸鱼许多，是很意外的情景下捕捉到的。混在四周的海水之声里，我被默玲手机里播放出的悲伤的声音触动着，错以为我又戴上了泳镜回到了与默玲水下潜泳的时候。

我问默玲能不能再给我唱鱼诵，我这些年做了很多地方民俗文化的研究，想保留更多即将失传的非遗项目的影音资料。默玲轻轻唱了起来，我打开手机录音，闭着眼听。我在浮想，当时的那条抹香鲸，那些水下哼唱的歌曲也成为鲸鱼的记忆，成了它的歌。它向远方游去，或许还能把那些它学习的歌声留传给它的后代。我听到愿愿、闻闻在远处也跟着哼唱起来。

默玲指着眼前碧蓝的海水，说其实大海多么相似，这里的海，欧洲的海，或者是南太平洋的海。她小时候从未感觉自己家乡的海如此美丽。默玲说，当她在异乡备感孤独时，她总是能想起自己儿时在沙滩上玩耍的时刻，如果时间晚了，外婆就会来找她。在给愿愿喂奶的时候，她能回忆起自己当时在妈妈怀抱中的感觉。愿愿出生时尚未足月，体重很轻，吸奶一开始都很吃力，她体会到了母爱，她从未像现在这样能感受到她的外婆、她的妈妈、她、愿愿都是一体的，乃至于岛上的女人们、世界上的女人们，都是组成她的永恒的一部分。

　　渔妇奶奶很高兴小晨曦找回了鲸笛，但是当她看见小晨曦在练习吹奏，她又担心小晨曦会变得像她妈妈一样孤单。神婆又来卖草药时，渔妇奶奶向神婆问询。神婆说，一切都是海神的安排，每个人都要承担起海神所给予的使命，海神在给我们展示大海所蕴含的我们看不见的部分。只有我们真正理解它，才能听见它美妙的乐动。

　　渔妇奶奶远远跟着小晨曦，看着小晨曦在海边吹奏着鲸笛。海浪漫上来，轻轻簇拥着小晨曦的小腿，像盛开了一群透明的花朵。渔妇奶奶看着小晨曦的身影，想到了鲸女，想到了自己的妈妈，想到了她自己儿时在海边无忧无虑的画面，她的内心涌动着一股感动。

　　在那一股感动里，渔妇奶奶逐渐听见了小晨曦在吹奏的笛音，混合着忧伤和喜悦，那声音像来自深海，让她想起自己童年勇敢地潜入海里游泳时所听见的大海的声音，想到了她少女时壮着胆子跟着父亲出海的画面，想到了第一次抱着鲸女时的画面。那是多么美妙的音乐在流淌。

　　此后，渔妇奶奶有空就会陪着小晨曦来到海边，听她演奏。直到有一天，那是傍晚时分，渔妇奶奶听见了远处的海面传来了隐约的歌声。而这一次小晨曦并没有在演奏，她正和渔妇奶奶一起欣赏满天的晚霞。她们逐渐听清了来自海上优美的歌唱，一条发着白光的鲸鱼在向她们靠近。

小晨曦预感到了什么，赶紧吹奏起她的乐器。她们看见那只鲸鱼潜入了海中，在很长时间的宁静之后，从她们眼前的波涛里走出了一位留着长发、皮肤白皙的美丽女人，在夕阳的照映下显得无比动人。渔妇奶奶认出了她，鲸女仿佛和过去相比没有一点变化……

暑假依旧是属于孩子们的，愿愿和闻闻隔几天就要到海边玩，堆着沙子，踩着海浪，有时候直接跳进海水里欢呼，皮肤晒得黝黑黝黑，像两个渔家小女娃，这个是我最乐意见到的，而不是成为小宅女。

愿愿和闻闻也喜欢巡海，经常跑到偏僻的角落看看有没有什么收获。闻闻说她发现了一个秘密，只要她唱着阿姨教给她的歌，她们就总是能找到宝贝。她们也总是在第一时间把捡到的宝贝带给我们甄别。有一次，她们匆忙跑过来，说她们有了惊人的大发现，她们在沙滩上找到了一只漂流瓶，陷在一个礁石坑里。那是一只墨绿的瓶子，在发出鸣叫，瓶身使劲地抖动着，像是要摔碎它自己。可以看出里面装着一枚外国硬币，还有一封信。我负责打开了那个瓶子，里面是一封英文信，可惜字迹受潮，有点难以辨认。

第二天，闻闻吵着还要再去海边。我不知道她和愿愿约好了，她俩各自都做了一只漂流瓶，要将漂流瓶丢到海里。我和默玲看着两个小姑娘将瓶子扔进了大海，并坐在沙滩边等待瓶子离她们远去。我问愿愿里面写了什么。她说那是一个秘密，但是她可以告诉我她在纸上画了一只鲸鱼。她希望那个瓶子能够像鲸鱼一般，游到很远的地方去。

海

沙

　　我有点搞不清楚，我所读到的到底是小说，还是顽草的采访笔录？顽草是我们当地的一名自媒体人，顽草是他的微信名，我总觉得这是一个笔名。他原名叫方东鸥，与我年纪相仿，我不记得是什么时候加过他的微信了。有一次因为缺乏素材，我停下了手中的创作，发朋友圈求助，方东鸥主动联系了我，说可以给我讲讲他内心深处渴望讲述的故事。他住在一座已通桥的小岛上，我经常看他摆弄一些花草的照片，感觉他的生活很惬意。我说想去他的小院子转转，他说最近有甲流，请我戴好口罩。

　　那天的海风很大，弥漫着薄雾，前方的岛屿似乎成了远山。我看得出方东鸥所住的是一座老石厝，不过经过整修，用石墙围了小院子。门口挂着一块木牌，用书法写着"吾悦海筑"几个字。我推门进去，小院子里养的几盆粉色三角梅已经爆棚了，前院连接到后院都种满了郁郁葱葱的草本植物，应该是一些草药。方东鸥来开门，说欢迎欢迎。我坐在石厝的一楼小厅里，对方东鸥说他家的感觉像是民宿，方东鸥说是的，他整修老房子的时候就参照了民宿的设计。大概是因为在海岛的原因吧，我总觉得瓷砖地面上有微小的沙粒，踩上去鞋底会有一种带摩擦的滑感。

　　我看得出方东鸥有点着急。我简单地和方东鸥说明了我来访的目的，对他说我现在在写边缘题材的小说，想写隐秘的但其实早就遍布我们这个社会的素材。"我提供的笔记里肯定有你想要的素材。"方东鸥对着我说，"不过今天很不巧，刚刚我妈摔倒了，我要赶着去医院看一下。你可以把我的采访笔记带回去，先读一读，下次我去找你。"我接过方东鸥递给我的一本笔记本，有点旧了。"我的是小事，你赶快去照顾阿姨吧，那个要紧。"我跟着他一起出门，看着他驾车先离开了。而我坐在我的小电驴上，翻了翻笔记本，看到有两粒沙粒掉落下来。

我将笔记本带回了工作室，那几天工作室的事情特别多，我没有很完整的时间用以阅读方东鸥的笔记，另外他的笔迹也太过潦草了。周末，我给自己泡了一杯咖啡，几口就喝完了，就端起那本笔记本来读。我明显感觉笔记本里有《镜花缘》海外岛国的味道，我甚至能在文字里闻到老码头那种浓郁的鱼腥味。远远超出了我的想象，我很怀疑方东鸥所列的事情都是虚构的。阅读时，我疑惑重重，我觉得自己非常嫉妒方东鸥，不是因为他有一座在海岛上的小院子，而是我觉得他是一位隐藏的小说高手。

方东鸥来我的"分身石工作室"已经是很多天之后的事情了，他穿了一身休闲西装，戴着口罩。我问，阿姨没事吧？他说还好，就是韧带拉伤了，要休息一段时间，那天真是不好意思。我说是我不好意思。那是我第一次听说"沙症"。方东鸥对我说我是幸运儿，没有这方面的苦恼。他是沙症患者，久病成医，他对这种病症研究了很多年。我原来以为他要讲述的是他所采录到的病例，没想到他开始讲自己的故事。我打开我的笔记本，拿着笔，坐在方东鸥的对面，聆听着他的讲述，我还将手机调节成了飞行模式，方便录音。那个下午，我还是没有认得方东鸥到底长什么样子，因为他一直戴着口罩：

沙症通过唾液、血液传播，也通过汗液传播。沙症的临床症状表现十分特别，有点像是皮肤病，但是其实总体上是免疫系统遭到了攻击。沙症患者不宜从事重体力活，心情要保持愉快，要学会控制自己的情绪，身体要尽量保持湿润。病发时，皮肤会掉沙，严重的情况下血管里会流出沙粒，更严重的话身体顷刻间会散为一堆沙子，在地上堆出一座沙坟。其实比之病情，更加棘手的是患者的心理状况，这方面少有人体察。你几乎不会听到有人公开讨论它，它像影子一般存在着。你能在网上找到的零星消息，可能都和我有关。群岛电视台曾有个记者对我进行了专访，才让外界得知有这个病的存在。我撰写的一些自媒体文章里也会涉及这方面的案例。我其实还是一个赤脚医生，会给沙症患者们抓点中药，不过只能治标。

我出生在沙岛之上，那是我们群岛几百个小岛里一座非常特别而美丽的小岛，位于我们群岛的南边，东西两面各有一个沙滩，不知你有没有去过。现在几乎没有人住了，只剩几位岛民按季节住在那里。在我上小学前，我的父母终于下定决心搬离了那座小岛。小岛养育了他们，也困住了他们。在那个春季，我父亲觉得沙岛被云雾缠住了，让他即使站在山顶上也看不见前方。几乎所有的年轻一代都带着孩子陆续搬离了沙岛，那是必然的。现在只在清明时节，我们才包船上岛扫墓。

或许一切都是命运的安排，在我年幼无知时，我就患上了沙症。据我母亲说，她在多年之后和曾经的沙岛卫生所副所长柯满福医生聊天时才知道，起因可能是当时流行的一种针剂，是血液制剂，价格相对当时的岛民而言并不便宜。岛上的年轻父母们当然根本搞不清楚针剂的原理，只是跟风听说针剂可以提高孩子的免疫力，而那时候的我看着非常文弱。那几乎是岛上所有幼童的悲剧，打过针剂的孩子基本上都感染上了沙症，手臂上会留下一个心形的小疙瘩。

如果不是后来我拜赤脚医生朱行可为师，接触到那么多隐形的病例，而逐步对沙症有所了解的话，我也会和我的父母一样，感到沙症忽然降临在下一代身上是因为沙岛受到了诅咒。我母亲根据民间的传统，在自己无能为力、备感焦虑之时，到岙口妈祖庙祈请，得到的启示是要我们搬离这座小岛。那是当时看似无比艰难而后来令我父母津津乐道的决定，因为如果不是沙症的降临，他们不会早早就在本岛购买了当时一座低价的石厝，而在县城有了安居之地，而后又盖起了楼房。

我总觉得我母亲身上有我所缺乏的乐天精神，她有所依托，当有变故发生时，她总是第一时间去求得地方神灵的护佑。因为患上了沙症，导致我比同龄的孩子早熟。此前，我的天真让我对我身上的症状感到新奇，以为自己有了特异功能，哪里能够记住母亲让我定时补水的嘱托，而我少见地有一个背带水壶。我经常能够从我的手指上搓出些许沙粒，我感冒大声咳嗽时，可以咳出沙子。现在的我知道感冒时沙症有传染性，而我那个时候却只觉得好玩。我身上所掉落的沙子和我在海边所抓起的海沙一模一样，粗细不一，仔细看时会呈现多种颜色，远远看去是黄色的。

我的异常被一位年轻的老师发现了。我已经记不起她叫什么了，她当时年轻貌美，我很喜欢上她的语文课。学期大扫除时我发烧了，身体不舒服，但是我没有请假，毅然领下了擦洗的任务。语文老师检查桌椅和黑板时发现上面沾满了黄沙，问是谁负责的。我说老师我不是故意的。我向她展示我的皮肤上的沙子，还天真地表演了咳沙的特技，用力将咳出的沙粒喷在书桌上，发

出噼噼啪啪的细微声响。她赶快去开窗，然后让我一个人先
回家。

我离开学校，独自走在回家路上，感觉脑子有点空白。我妈
正在村子中间的古井旁洗衣服，她很惊讶我怎么提早回来了。我
说老师说我发烧了，让我提前回家，我还如实说了大扫除期间我
咳沙的事情。我看见我爸回家后铁青着脸，莫名其妙教训了我几
句，或许那天他心情不好，还动手打了我的屁股，说是让我好好
长长记性。我发着烧，感到屈辱，低头搓着自己手指上的沙粒，
抽泣了一个晚上，我恨这个世界。直到母亲钻进我的被窝，侧抱
着我，我才停止了抽泣。她叮嘱我许多话，让我一定要学会伪
装，身上如果发现沙子要偷偷弄干净，不要让别人发现，不然老
师会歧视我、嫌弃我。其他的小朋友也一样，会躲着我、害怕
我，我就没有好朋友了。

那是我伪饰之路的开始。沙症的存在让我变得异常敏感，心
思比同龄人要细腻而沉重。在他们依旧天真时，我已经学会忧虑
了。当然，或许源于我的早熟，我的学习成绩一直不赖，特别是
我的作文，即使我那样仇恨我的语文老师。我总是比同龄的孩子
更能发现这个世界的诸多隐秘。我最害怕的是学校组织的体检，
特别是抽血，每次抽血时，我都担心从血管里冒出来的会是沙
子。我经常在体检那天请假，谎称生病。我当时最担心的是高考
的体检项目，父亲托关系找到了化验科主任，要求他特别关照我
的血液检测数据。他说没看出什么问题，才让当时我们一家都放
下心来。后来，等我成为人精之后，我知道那时候的我们都过虑
了，因为沙症作为一个隐蔽的病症，相关的检测内容并没有纳入

检测范围之内。检验者只会按部就班做检测，就算是抽出了沙粒，检验者也可能只是惊讶一下，担心是不是自己的哪个环节出现了纰漏，一般不会节外生枝。

大学给了我极大的藏匿空间，在那里一开始谁都不认识谁，我感到自己是如此渺小又宁静。为了伪装，三级跳远成了我的日常运动，我很乐意将自己摔进沙坑里。我身上经常会沾点沙，我也分不清这些沙到底是不是我身上掉落的，所以也从来没有人怀疑，只是常有人说这小子又自虐去了。我甚至真正喜欢上了这项日常少有人问津的运动，在院级运动会时拿了个第三名。同寝室的懒汉们都受不了我的洁癖，我日常很爱整洁，每天都要拍打床单，清理灰尘和偶尔产生的沙粒，一般两天就要洗一次澡。

我还以为我会很顺利地度过恬静的大学时光，没预料到自己欲罢不能地喜欢上了一位姑娘，而艰难就发生了。郭恬逸是我的学妹，也是老乡，她和我一样来自我的群岛。我作为志愿者在新生入学时到车站接站，她跟我乘着校车来到了大学校园，我一开始只是觉得她可爱。在得知她是我的老乡之后，我很高兴地对她说有事就来找我。她读的是师范学院，女多男少，活动的机会不多。我有时会叫她一起参加聚会。

我发觉我不知不觉已经和郭恬逸恋爱了。我经常带她到江边散步，有时会一起踩踩江边的粗沙。我坐在江边的一块石头上弹吉他给她听，她盯着我的琴弦看。我和她开玩笑说你想不想谈恋爱。她说想啊，只是没人追嘛。我说不可能，说她这样标致的岛城姑娘，放在大学里谁都想追。她说就是没人追。我说好吧，那我可不可以试一试？她没有说话，只是咯咯地笑。和她在一起的时间过得飞快，我因此理解了时间是相对的。常常是我们一起晚自习后在夜风中散步，不知不觉就已经到了闭校时间，她经常只能翻铁门进入宿舍。我也知道了为什么需要诗歌的存在，懂得了为什么诗人要歌唱，那时我甚至去旁听中文系的诗歌课，为的就是为她写下哪怕是蹩脚的诗句，并且能够坐在操场旁的台阶上为她朗诵，而一度我还曾嘲笑过中文系的那些文绉绉的学生。

我很想吻她，但是出于对她的保护，我从来没有采取过比拥抱更亲密的举动，连拥抱都显得很匆忙。我感到自己是幸运的，又莫名感到担忧，我正在经受自己内心的争斗。我无数次幻想与她深吻的场景，但是又害怕她的舌头尝到的是沙子。她一般都素颜，嘴唇偶尔涂点润唇膏，这样已经让她的嘴唇显得无比迷人。在路灯照映的白桦林小道里，我差点就吻了她，但是我克制住了，不是因为偶尔会有人路过。我多想不顾一切地拥吻她，但理智告诉我沙症会通过唾液传播，我害怕把沙症传染给她，这样她可能会记恨我一辈子的。

我知道我们之间有一条裂痕，我们的恋爱看着很甜蜜，但其实似是而非。我们坐在码头看江水对岸城市上空的落日，天气开始有点凉了。她的头很自然地倚靠在我的肩上，而我依照习惯向外挪动了一下。她忽然有点伤心，说如果我喜欢她，就应该吻她，而我好像从来没有这样的举动。我害怕那样的时刻，我僵住了，不知道是不是受瞬间而发的病情的影响，我感受到我手心上开始有沙粒掉落在海风中，无声无息飘散在夜晚的江水里。我不知道我应该怎么办。她当着我的面哭了，流下晶莹剔透的泪水。那个时候，我很想舔干她脸上的泪水，不是出于要安慰她，而是那个时候的我口干舌燥，感到身体严重缺水，需要补充水分和盐。她哭着跑开了，我竟然没有意识到情况的严重性。

在此后的很长一段时间里，我开始变得闷闷不乐，经常窝在寝室里，沙症一下子严重起来，我的床位上和床位附近到处都是身上掉落的沙子。我不再保持那刻意的洁癖了，不过寝室里谁也没有当回事，只有来访的女生有时候会说一声，你们寝室里还是应该经常扫一扫，因为有沙子，然后也没有人深究了。我在猜想，或许我这样的沙症患者不配得到幸福。我看到了令我最痛心的画面，她和另外一个男孩子在晚风中散步，在我经常和她一起散步的江边。我看着熟悉的衣裙贴着别的男孩子飘扬，她的脸靠在骑着自行车的那个男孩子的背上，我伤心欲绝。在夜深人静时，我会狂吻她的照片，而我看到的只是想象中他们在暗处接吻的画面。我躲在寝室里流泪，流出来的居然是透明的沙子。

我本以为一切可以就此结束，我应该彻底深陷到孤寂之中。特别是当我听到她和那个男孩子外出度假的消息时，我差点要疯了。我回味起她身上和头发里散发出来的特殊香味，而想到是另外一个男人在拥抱她，我的后脑勺就发麻，身上沙粒掉落的速度就会加快。我觉得再这么下去，我势必会变成一堆黄沙，我觉得我需要去找她，哪怕是因为需要一次诊疗。我约她在我们常常逛的江边码头见面。我说我能不能像以往那样再拥抱一次她，她没有拒绝，那其实是我第一次真正拥抱她，深情地。我其实可以乘机吻她，我知道她不会拒绝，我能感受到她的身体在微微颤抖。但是我还是抑制住了，我感到口干舌燥，手心上的沙粒又掉落了几粒。我看到她滴下晶莹的泪水，我凑过去亲吻一下她流泪的脸颊，舔掉了几滴挂在她脸颊上的泪水。

从那时开始，我知道了饮用泪水是可以柔软沙化的内心的。多年之后，在我的内心异常纠结之时，我向一位钟情的女孩求助，希望她能够收集一下她伤心时流下的泪水。我没有想到刚失恋不久的她改天真的带了一个小玻璃瓶给我，说这是她前几天的泪水。我和她说起了和郭恬逸的往事，包括舔过她脸颊上的泪水。她说人伤心的话，会变成沙子的。从这句话里，我隐约觉得她也是一位沙症患者。她问我在她哭的时候，我能不能也舔一下她的脸颊？我说好的。在舔完她的脸颊之后，我禁不住吻了她的嘴唇，无所顾忌。后来，我证实了我的猜测，那个女孩就是我后来的妻子杜雯琦，她也在小学阶段染上了沙症。她说比之伤心，沙症这种小病又算得了什么呢？

我顺利毕业了，带着一些落寞回到了我的群岛。其实我一直不想回来，大城市更容易隐匿，但我又生怕寂寞在自己的身上掉落的沙子将我的生活埋葬。在外工作了几个月之后，我被一家外贸企业开除了，感觉无处可去，也就有了回乡的理由。而且，我知道郭恬逸按照师范生的分配规则回到了家乡教学，我想着或许还有机会和她复合，谁知道未来的事呢，在她身上我的遗憾在继续生长。

我父母更希望我在身边，我们家就我一个儿子，而且在他们的眼里我是个文弱的孩子。我保持着我的叛逆，我知道他们希望我更深地伪装自己，按部就班，让自己看上去是个完全健康的人。虽然我理解他们身上这二十多年所背负的艰辛，他们一直策划着，让我能够到一个国企，或者是到银行工作。而实际上，我无疑是一个很不稳定的病人，我总想要对抗什么，又无能为力。

我的父母的想法很简单，起码让我有个稳定的工作，不管待遇多少，至少有个医保，就算是生病了，也可以有保障。我的父母是这个岛上最平凡的转业渔民，上岸后开始贩卖海鲜，但是因为我爸比较能干，经常将一些海鲜打包送给朋友，在地方还算小有名气。我爸一直期望我能有一个国企的工作，这让我很反感，在一个国企我实习了一个星期就辞职了，把我父母气个半死。我从小对所有穿制服的人都有一种矛盾感，而那一年岛城的信用社正在招考。待业了几个月之后，我偷偷去报名了，进入了面试环节，我觉得靠自己的能力就能完全搞定。面试成绩出来后，我考得还行，最后一关是体检环节。我不得不和我妈说出我的忧虑，我父母知道我偷偷考进了信用社后喜出望外。我说还没有呢，还差一个体检。我父亲让我不用担心。我接到上班通知的那个晚上，我妈烧了一大桌好菜，我第一次陪我爸喝了一点酒，心中有种好久没有体会到的胜利的喜悦，又有一种隐隐的真正的失败感。

我工作的信用社就在我现在所住的花石岛上，坐在信用社柜台里面，透过玻璃可以看见远方的海水。我在那个小信用社里当了几年柜员，病情基本没有发作，虽然没有太多的喜悦，但是也没有太多的悲伤。我很习惯单调的只和钞票、数据打交道的日子。我那个信用社只有两个柜台，客人很少。我经常透过柜台玻璃与大门看着远方那块亮眼的海面。另外一名柜员偶尔会发现台面上的一些沙粒，她很自觉地把沙子抹掉，经常感慨海风怎么能够将沙子带到柜台里面来，自然之力真是神奇。下班后的日子也很空闲，宿舍房间很多，但一共就四个人住，除了我们前台两个柜员之外，就是一个信用社主任和信贷员了。在孤寂的夜晚里，我非常想念郭恬逸，我知道自己依旧没有勇气重夺所爱。

　　我原本可以继续在柜台后面一直隐蔽下去的，但是我最终却选择了另外一条未知之路。并不是因为我还想着抵抗什么，我知道我所谓的抵抗其实非常虚伪。主要是沙症本身不会说谎，在这表面的安宁中，我的病情又出现了。我被调整到了本岛的营业部，地点在岛城最中心的区域内，虽然我和顾客之间依旧隔着一面柜台玻璃，但我无法忍受环境的嘈杂。来往办业务的顾客很多，整个柜台内部有十多人在上班。我明显感觉我的沙症症状又出现了。每天夜晚，我都需要抖落我西装里包裹住的沙粒。有几次，在我点钱的时候，沙粒不小心沾在纸币上带进了点钞机，发出嘎嘎的声响。有一台点钞机因此卡住了，我只是抱怨一下这些点钞机质量为什么这么差。我柜台座位四周经常出现一些沙粒，营业部经理抱怨我们的卫生状态不行，进行了一次大扫除。我忧心忡忡，因为有同事已经开始注意来历不明的沙子了，他们在闲聊时所推测的答案是有白蚁在啃食建筑。那段时间，我总是梦见自己变成了白蚁，将墙面和砖块都啃成了沙土。

　　幸好一次强制年休解救了我，让我有一小段时间可以脱离这让我倍感紧张的环境。我知道自己必须去透透气，那个时候的我还想不到收集女孩的泪水可以安抚沙化的内心。我工作的地点离郭恬逸所在的小学其实只有十分钟路程，我约了几次郭恬逸，以为她能够抚慰我。有一次邀请她去唱歌，她在歌房里坐得离我很远，不愿意与我对唱情歌。我歌唱时喉咙沙哑，具有我那个年龄少有的沧桑，倒是得到了伙伴们的很多掌声。那段时间，我的想法总体上比较极端，可能最根本的原因还是对世界抱有幻想，或者是我不甘心就此安稳却焦灼地成为一堆黄沙。

我很多年没有去沙岛了，决定抽时间回去看一看，特别是去看看那里的两片沙滩。我妈说要去岛上可以联系我的堂哥方东民，他经常要带游客上岛。方东民只比我年长两三岁，是小时候我的玩伴。我打电话给他的时候，他告诉我要去的话，明天早上五点半在本岛东埠码头等。第二天我如约来到东埠码头，看到我堂哥正站在一艘渔船上，在和几位游客说话，后来我知道他们包船去沙岛海钓。那是我第一次近距离与海钓者接触，看到他们昂贵的钓鱼装备，听其中一位说自己怎么在常人难以抵达的礁石上蹲守半天，钓上半身长的大鱼。

我搭着堂哥的手上船时，明显能感受到他手上有沙质的粗糙感，他的脸被晒得黑黑的，依旧是儿时健壮的模样。他说我难得回趟老家，等一下陪我到沙岛上逛逛。我们从小东岙沙滩旁的码头上岸。在船上看小东岙口，它依旧是原来的样貌，一片金黄色的沙滩，若干靠海的石头房，岙口有一座古朴的妈祖庙。但是登岛的时候，就知道它已经不是我记忆中热闹的小海岛了，显得太安静了。我和堂哥去看望了二婆，她还住在岛上，她看到我们俩时——特别是我，很激动，我看到她眼眶都湿润了，说是要给我们烧鸭蛋汤，我们都说不用了。靠岸时，我就注意到有一群鸭子在海边游泳。小时候，海鸭们经常会把蛋下得到处都是，我们常能从哪艘搁浅的小船下掏出鸭蛋。

看过二婆，堂哥陪着我去往小岛西侧的带鱼岙沙滩，那个沙滩沙子白皙，退潮时像一条蜿蜒的带鱼，那里也是观看落日的好地方。我们边走边聊天，说一些以前的趣事。我问起堂哥的沙症情况，他说如果不是我提沙症的话，他都忘了有这一回事了。他反正经常和沙子打交道，沙滩边、码头旁都有沙子，他说身上就算会掉落一些沙粒，那也是他海岛人的标志。他安心做一位岛民，钓钓鱼，在岛上养一些蜜蜂，做一些孤岛游旅游项目，给海钓者开船，赚一点辛苦费。他在以另外的方式，继续着岛民的生活，他有大把的时间。他自己也喜欢钓鱼，有时候开着小船外出，在海天一色之中垂钓。在外海，他还网到过一只龟壳通体宝蓝色而带着金边的乌龟，把它重新放归了大海，它在游走时还绕着他的小船一圈，像是在致谢。

　　我对他生活状态的描述非常惊讶，像是重新看见了我儿时的小海岛。那天虽然烈阳高照，但是海风吹拂，并不感觉燥热。我们对大海是不会记仇的，不管它带给了我们多少的悲伤。我感到了疑惑，为什么当时我父辈一代都争先搬离的小岛，我重新回来时，感受到的是内心深处久违的宁静。我很久没有来带鱼岙了，这一带小时候我们经常会跑过来玩。这边的沙质特别柔软，我们很喜欢跳到海里泡澡。带鱼岙一点也没有变化，此时刚好平潮，沙滩显露的距离比较长，弯弯曲曲，沙滩上几乎没有人，只是远远有一个人在堆着沙堡，看着像是游客。我让我的堂哥先回去，我说我一个人在这里待一会儿。我堂哥和那人认识，跑过去打了个招呼，就回去了。

　　我脱了鞋子踩在海水里，几个浪过来就将我的衣裤打湿了一大片，索性就脱掉衣裤，只穿个内裤蹦到海中游泳。我的游泳技术很差劲，所有的游泳技术都是幼时自学的。不过我还是记得采用手脚摊开仰面躺在海面上的姿势，我看到眼前的天空像是一顶蓝色的蚊帐将我笼罩着。我不敢游太久，手脚皮肤因为浸泡而起皱了，就上岸躺在沙滩上晒太阳。我还试着将自己的腿埋在沙子里面。这里的海沙虽然柔软，还是会杂糅一些贝壳的残片、小石子，感到有些硌。躺在带鱼吞沙滩上，被沙子包围，我感觉就是小岛在召唤我回来。当然，我知道自己没有办法真正回来了，我已经被带到了另外一座岛上。

我对那边堆沙堡的人产生了好奇。我慢慢走过去，看到他正在堆一座人像，我心想是不是遇到沙雕艺术家了？我随口问他塑造的是谁，看得出他在塑造一座抽象的女人像。我说这么精致的沙雕等一下会被海水冲掉，不是很可惜吗？他说沙子本身就是流动的，这个世界没有什么是永恒的。这个是他的一个艺术项目，他一共会去十个沙滩，他会录下这个被毁掉的过程。我和他聊了一会儿，感觉他似乎比我更了解海沙，他经常一个人到岛上扎帐篷，一待就是好几天。

在我眼前的才是沙人，我看到他的身体手上、脸上、脖子上、衣服上都沾满了海沙。再看看那个抽象的女人，我才知道我忽略了沙之美。和他接触后，我感到自己忽然能够体会沙雕的意义了。那精心雕塑而成的作品，在几个小时后就会被海浪毁掉，多么像我们这些生灵终于会被荒芜所吞噬，分解成这个世界数量庞大的海沙的一小部分。海浪冲刷着沙滩，卷荡着里面的每一粒沙子，发出涤荡的声音。这漫长海岸线上的沙子多像缩小成了微粒的人。那么多沙子被巨浪冲刷着，共同构成了那片永不停息的潮声。

　　我觉得他不会是沙症患者，他缺少忧郁的气质，当然这个不重要。在他的启发下，后来我很无聊的时候，也开始玩自创的一项行为艺术。我开始收集我身上掉落下来的沙粒，放在一个陶瓷盆中养活了一盆蟹爪兰，长势非常好，不用我特意照顾它，我总算让我的沙子成了生命的培土。

　　艺术家说他还要再住两天，和他告别后，我按照约定的时间往码头走，和几位海钓者一起搭堂哥的船返程。在船上，我和他一起坐在驾驶舱内，儿时我经常看到我的父辈站在驾驶室，手握着舵盘，而现在我感觉自己也成为他们了。我问堂哥认不认识那位沙雕艺术家，就是刚才他打招呼的那个人。堂哥说他叫刘乙宸，是移居到我们海岛的一位搞艺术的。他经常坐堂哥的船到几个孤岛去，他还会不时给堂哥提供点补给。后来刘乙宸找我了解贷款的事情，我和他的接触慢慢多了起来。

　　我总是希望我能够像堂哥和刘乙宸那样洒脱，却又觉得那是别人的生活，我的生活好像只应该规规矩矩，没有任何越线的想法。我没有想到自己慢慢成了户外运动爱好者，又跟着堂哥出了几次海，又喜欢上出岛到周边的大山里转转。而随着出走，我感觉自己原来固有的想法慢慢变了。我感觉只要每次我走出去，就能遇到生命中不同的可能性。在我生命深处，在不可能沙化的地方还有一种希望在温暖我，好像我的人生还可以是别的样子。

　　空余下来的每个周末和节假日，我几乎都要出去走走。堂哥说要带我去外海垂钓，让我体验一下什么叫放松。那次堂哥的小船开得很远，直至看不见任何的岛屿，只剩下无边无际的海水。

在平静的海面上，我的脑子里空空的，感受不到任何的负担，体验到人生是可以无限自由的。这个世界像只有我存在着一般，不管我是一艘船、一条鱼，还是一粒沙。但是，当那空闲的时间过去，我再次回到营业部柜台的玻璃背后，我的心态又悲观起来，又陷入日常性的伪装之中。

我知道遇到张更生医生并不是决定性的，但是我觉得我后来毅然辞职，特别是当上了赤脚医生，肯定和遇到他有关系。那次不是在我们的群岛上，而是在温州俊秀的群山之间。走进山里有另外一种让人放空的感受，山比海要更安静、牢固，而且温州这个地方自古佛道发达，有很多寺庙、道观。有段时间，我甚至就一个人独自走进深山。

张更生医生看着就像是一位老农，坐在路旁的一张石凳上休息，在吃一个粽子，那应该就是他的午餐了。我看他的背篓里有些绿色植物，推测应该是草药。我坐在他不远处吃午餐，带的是一些干粮。我随口向他问路，路标上显示附近有个仙姑洞，而我一直没有找到。他说有的，那是一个道观。他说自己住在另外一个道观里，可以给我留个电话，如果找不到路可以问他，万一迷路了不好。我问他背篓里装的是什么，他说是一些草药，有草珊瑚、黄精等。

我总觉得眼前之人不俗，根据他的描述，或许还是个道医。我问这位老师尊姓大名，他说自己叫张更生，是个民间中医师。张更生医生给人一种久别重逢的感觉，而不像是萍水相逢。我倒也没有忌惮，我问他有没有听说过沙症。我为他大概描述了一下病症特点。他说："你所说之症，我在一本道书上见到过，按照现在的说法是免疫系统遭到破坏的综合性症状，书上说是奇症，对治的方子已经失传。按照我的判断，这种免疫系统疾病恐难根治。"我原本以为眼前的高人或许能够给我带来真正彻底的医治办法，没想到是这样的答案，感觉异常失望。

"其实治本不行，那就治标。"他继续说道，"和我所得的病一样，我当时手足无措。后来就是靠着自己悟出来的治标之道，努力让自己达到一种动态平衡，让病症在可控范围之内，慢慢身体就调整到了健康的状态。病症虽还在，但是于我的生活并无大碍，也就可以了。"他说他之所以在年轻时从大城市搬到道观住，其实是源于他多年前患上很严重的皮肤病，他是安徽农村人，大学毕业后在上海工作生活，忽然查出得了罕见的皮肤病，奇痒无比，人一下子消瘦了几十斤，在上海看了无数专科都不见好转。后来他根据他偶遇的一位道士的指点，躲到了山林里面来，住在收留的道观里，老道士教他用中药调理，身体竟然慢慢好转起来，奇痒的症状消失了，一晃就几十年了。

因为得益于老道士的指导，他慢慢也开始懂了一些中医。在老道士去世后，他接过了道观的管理工作。他种植了很多品种的中药，有时候也会去上山采点草药，给附近的村民们治治日常疾病。其实，到现在他也很容易过敏，有很多食物都不敢食用。我没有办法将眼前的这位中医师和他口中所描述的病人对等起来，他看起来精神抖擞，比我结实多了。他说现在山里住的人不多了，不过他也住惯了，也就没想着下山。

张医生陪我走了一段路，在一个岔口我就和他道别了。我很庆幸能够听到他给我讲的故事，让我的内心顿时产生了一种对生命的暖意。后来我常常在夜深人静时回想张医生对我所说的话，想象着他年轻时患病时的艰难。我总觉得自己就是他。因为觉得自己和张医生很有缘，我叫另外一个登山小伙伴陪同专门去了两趟张医生的道观。第二次我和朋友在道观里住了一个晚上，我还和张医生聊了很久，是关于人生道路选择的，而不只是讨论病状。我很奇怪，为什么我没有拜张医生为师，而是后来拜他推荐的另外一位赤脚医生朱行可为师，他就住在我们岛上。

那一个晚上，张医生拿出了一只葫芦，给我们倒了几杯酒，让我们暖暖身子。我发觉我很喜欢类似道观幽静的生活，我对张医生说出我的困扰，说我处在一种宁静与烦躁交替的拉锯过程之中。偶尔，我身上的沙症就会发作。我说我还找到了一个缓解的办法，我向一位姑娘求救，希望能够得到她的眼泪。我又说起了我们岛城的一则新闻，有关我们岛城报的一位新闻记者。他在获得一个年度新闻大奖后的第二天清晨，瘫倒在一个沙滩上，等人发现的时候，他的身体几乎都已经变成了海沙了，海水冲刷着那隆起的沙堆。我其实见过那位中年男人，从我妈这边的辈分来算，我还应该叫他舅舅。我不知道他为什么会让自己沦为一座沙坟。张医生说真是可惜，或许他只是不懂得找到一个真正的出口，但是其实人都一样，最后都会变成类似一堆沙土，还是要返回自然。沙症也有其自然之道，它让你早早看见生死之间的互动，让你能够正视自己只是短暂的存在，让我们保持着觉悟和敬畏，我们还是要早做选择。

那一次方东鸥和我讲了一个下午他的经历，我听得入迷了。

我知道其实方东鸥还没有讲完，但是时间慢慢已经迫近晚饭了，我还要去接我放学的女儿，我一直在看自己手机上的数字时间，显得有点焦急了。我了解他的感受，每次在山林或者到孤岛上转转的时候，我也总能感到我们作为渺小的生命的孤独和可贵。我一边听方东鸥述说，一边翻着作为顽草的他的《沙症笔记》。方东鸥让我将他的采访笔记留着慢慢看，他说其实比起病情更需要关注的是病人的心理，因为没有人真正关心同时被沙化的内心。

　　我总是感觉所有的故事都是方东鸥捏造的，这更像是两位写作者之间的对话，因为我从来没有听过我们群岛有过这样的病例。但是我觉得他所说的故事又隐约存在，他可能是在说这个世界的荒芜本身。我原来很少关注海沙，我更喜欢礁石和卵石滩，甚至我去海边的时候，都不太喜欢陪着我一岁多的儿子堆沙堡，我将他留给我的老婆，独自去更偏僻处的礁石群观海，再回来送他们回家。听过方东鸥的故事，那个晚上，我特意抽出时间，骑着我的小电驴，到沙岙沙滩逛了逛。

　　趁着朦胧的夜晚，我坐在沙滩上，摸着那些干燥的海沙，然后又脱了鞋，沿着浪潮带走动，海浪一阵一阵怕打着我的脚，我能强烈感受到我脚下的沙子是在流动的，像是具有生命。我待到深夜才回家，手里一直拿着方东鸥的《沙症笔记》，像是带着自己的供词。

后记　写作就是缝船帆

"五一"期间，因为要去江心屿，就沿着瓯江顺着望江路逛了一会儿。儿时我们洞头坐船到温州市区，客运船会停靠在望江路的安澜亭码头上。站在瓯江边，我想起了儿时坐慢船的一次经历，那个时候慢船到温州需要三个小时，而快船是一个半小时。那天有雷阵雨，天边一片乌黑，我靠在船栏上望海，看着远方黑压压的云阵在海面上翻腾。和我同船的一位小伙伴告诉我，前几天有人坐船时看见龙了。他说得非常肯定，好像这是他亲眼所见似的。他大概还向我描绘过龙在吸水的情景。

我后来应该也向我的同学转述过这则新闻。我儿时的群岛洞头，是这样一片现实与幻想交织之地。群岛位于瓯江口外，远离大陆，被海水所包围，闽南文化和瓯越文化汇撞，有很多保留相对完好的神秘元素。我外公和我说过，他有一次独自驾着小船出海，在我们群岛外围一座很小的岛礁上看见了一只巨龟，有七八米那么长，蹲在岛礁上伸长了脖子晒太阳。我不能确定是他亲眼所见，还是只是幻觉，或者其实他所见到的只是体型很小的普通海龟。

这是我的第一本小说集，里面无疑也充斥着这些元素。或许这个就是小说的好处，我可以无所顾忌地取消现实和幻想的边界，不必太在乎是否属实。在我这本短篇小说集里，我妄想构建出我心目中那个过去与现代、现实与梦幻重叠在一起的群岛，包含了多样的可能性。以前在诗歌作品里，我尝试写了一些带有海洋魔幻色彩的诗。文学的每个文体，都有其不同的功用，可能因为诗歌是"少即是多"的，有很多溢出的部分等待着我去写下，我发觉我没有写过瘾。而小说，我以虚构的方式洋洋洒洒写下诗歌里所容纳不下的那些部分，同时也能满足一下我写小说的情结。

写小说的情结，应该是源于我的大学时代，那是我真正的启蒙期。我一直有个"文学梦"，内心里一直期待能够读中文系，而且最终居然如愿了。我大一时是理科生，就读的是宁波大学科技学院，那个时候学院采取很超前的"1+3"模式，就是大一只分理综、文综，大二前夕再重新选择专业。大一学年结束前，我致电院办咨询，得到了我可以选择中文专业的回复，让我的精神为之一振。

读中文系给人的印象就是半玩半学，特别是对于理科生而言，简直就像是在不务正业。我大学理科班时候的好友潘坚，后来很努力地攻读双学位，一直羡慕我能够读自己喜欢的专业。而在就读中文系后，我的发现是原来读书真的可以不累的，因为我根本没想到，读金庸武侠作品居然会成为课程的内容之一，更不用说读其他类型的小说或者诗歌了。

我们那个时候的中文寝室，其实就是一个沙龙空间，到夜晚经常要弄点啤酒、花生，几个人围坐着聊天，不过可惜那时我一丁点都不喜欢喝酒。寝室关灯后就开始夜聊，谈文学谈思潮谈幻想，夜聊基本就是论战，不过很少会出现家教、经商等现实类的话题，每个人都认为自己是真理的化身。当然中文系的学习内容，其实和我所设想也不一样，原来中文系更希望能够培养学者，那个时候几乎没有听说过创意写作专业。不过好在我们的老师之中有几位是作家，像谭朝炎、任茹文等老师，我总觉得他们有着独特的气质。

那个时候，我还是读了很多小说。我第一次读到《百年孤独》时感到很吃惊，因为我没有想到西方小说会写得这么好看，它和我前期所读的西方小说都不一样。我所读的是当时就很稀少的浙江文艺出版社出版的《百年孤独》，我在大学里的邵逸夫图书馆借到的。我花很短的时间，就通读了一遍。我清晰记得奥雷里亚诺把手放在冰上立刻把手缩回来的状态，他说"它在烧"，而何塞·阿尔卡蒂奥·布恩迪亚把手放在冰块上庄严宣告"这是我们这个时代最伟大的发明"。读到《百年孤独》时，我仿佛也是从来没有摸过冰的马孔多小镇居民的一员，对这个世界居然还有这样的小说表示万分惊讶。

读卡夫卡也是这样的感觉。其实，那个时候的我根本无法过多理解卡夫卡，只是他小说里塑造的形象让我印象深刻、经久不忘。卡夫卡的很多短篇小说篇幅并不长，但是有时候并不好读。除了《变形记》之外，我最喜欢的篇目是《饥饿艺术家》和《骑桶者》。卡夫卡的小说会把你带到现场，我好像也走进了马戏团一样，在人流中看到在笼子里表演着饥饿的艺术家骨瘦如柴的模样。卡夫卡所带来的是对我小说认识上的震动，在读卡夫卡时，我才认识到何为现代派小说。在此之前，我根本没有想到有人会这样写小说。多年之后，我写了一首名为《沉睡艺术家》的诗歌，其实就有向卡夫卡致敬的意思。

大学时，也读了很多国内名家的小说。宁波大学本部与西区之间的双桥生活区有专门的盗版书店，所卖的书基本是最畅销的盗版书。那个时候，我们常常光顾地摊、旧书店和盗版书店，我已经记不得读的汪曾祺、莫言、余华、苏童、贾平凹、陈忠实、王小波的书哪些是正版、哪些是盗版的了。我记得自己是在一个自习教室里读完《活着》的，读完的时候禁不住流泪了，虽然那时我的泪点已经很高了。莫言的作品是谭朝炎老师推荐的，他非常喜欢莫言的作品，我还记得他在课上给我们解析当地的饿犬成群结队在死人的村庄里穿行的情景。我读《红高粱家族》时也读得很畅快。其实，我感受最强烈的读国内小说和国外小说的区别，首先还是语言的区别。国内每位小说家的语言都是极具个性的，而读翻译过来的国外小说就不太具有语言上所带来的快感体验。

不过，大学时代的我明显和诗歌更有缘，我和容韬（当时他的笔名叫戎道者）发起成立了"青铜诗社"，还自印了两辑《青铜诗选》。我没有在大学期间写下任何一篇小说，其实是一件让自己遗憾的事情。因为，我一开始的愿望，是成为一名小说家，而不是一名诗人。

其实，我发现在大学里就开始写小说，是很不容易的，因为那个时候，真正的生活其实还没有开始，我所体验得太少了。我对文学的理解程度也非常低，在大学里，我几乎认为文学就是标新立异，就是新潮、先锋。所以，那个时候的我的写作不会真正开始。

　　我开始尝试写小说，是在我乡镇工作的三年多的时间里。那个时候的我，生活比较简单，业余还是会读很多的小说，我比较喜欢的作家是博尔赫斯和卡尔维诺。博尔赫斯的小说比现实走得更远，读的时候我又一次惊呆了，主要是被他精密的逻辑、超时空的想象力和密集的场景及人物转换弄得眼花缭乱。博尔赫斯的想象非常大胆，他设想过有一张世界地图和我们这个地球一样大，其中的一张残片被保留在了沙漠里。我惊讶于他一直在构建一个复合式的宇宙，这位多栖作家所知道的东西太多了，他的小说有百科全书和辞典汇编的感觉。我也非常喜欢卡尔维诺，他的小说总是带着巨大的象征的味道，你很难想象有人会把小说写得像一则童话。比如《分成两半的子爵》，子爵被炮弹击中后，神奇地分成了两半，邪恶的那一半的身体居然先回家来了。《不存在的骑士》也一样，一具凭借着意志而活下来的盔甲，什么都不剩了，让人印象太深刻了。

　　在乡镇工作的那个阶段，我写了有十多万字的小说，有几个短篇和一个中篇，现在读起来相当幼稚，特别是语言上会感觉非常不顺畅。为什么是那个时候开始小说创作呢？现在回想起来，可能跟自己和周围的环境格格不入有关，我需要为自己的心灵世界找个出口。那个时候我就是个十足的"小文青"，没有见过世面，不明白现实的真相。如果那个时候有朋友圈可以吐槽的话，我的朋友圈多半会是怨天尤人的话。我当时被安排在办公室工作，但是经常要参与乡镇的各种集中行动。那是2007年，我上班刚满两周，就参与了一次对计生超生对象的行动。我不等工作结

240

束，就只管自己跑掉了，因为我的心理上根本无法适应。第二天有位"老乡镇"看到我时，还向我温馨提醒了一下，一般是要等事情完全结束后才大家一起走，他大概是认为我"早退"是因为还不熟悉工作的规矩。

三年多的乡镇工作经历，让我看到了很多，虽然那时候我只是小跟班，但是巡逻、抗台风、政策处理、检查出租屋、节庆活动、拆迁，我都是要参与的。大家一直说我太过于文气，缺少乡镇干部的土气。从我的内心里，我可能就不太想融入。中午休息，或者值班的时候，我就会在办公室写小说。其实那个时候的我，依旧缺乏对现实世界的认识，缺乏对人生的思考。我只是忽然被卷进了现实的洪流中而已。这部集子里面的小说《海神像》《木偶岛》《影子表演》《海沙》都是那个时候的作品，当然，在十多年之后，我修改它们时，几乎将它们都改得面目全非了。现在的我，不再喜欢当时过于激烈的思维，动不动喜欢把主人公往死里整，嫌他们的命运不够悲惨似的，其实还是缺少人生经验的表现。

或许是我依旧不喜欢介入现实，写过那阵子小说之后，我后来的写作又换成诗歌了。诗歌的写作更多可以凭借自身感受力和想象力来推进，可以离现实更远一些。我其实可能一直没有为小说写作做好准备，包括现在也一样。幸好，写作其实是共通的，写诗也需要有叙述、情节、结构等要素的考虑。而且，我认为我的某些诗歌其实就是某个极其短篇幅的小说。

或许和步入中年有关，对于这个世界的很多冲动，好像潮水般一下子就退去了，露出的是粗糙的海沙。前面，其实我一直想追求特别的人生，想历险，为自己设想了一些应该去实现的计划。但是就在这两年，我一下子发现我已经四十岁了，我审视自己的内心，很多的冲动自动就消失了。生活是充满惰性的，很多固有的东西比我想象中更加强大，似乎会一成不变。我没有见到有几个人生活是非常轻松的。在更年轻时，我总还是感觉文学是伟大的，依靠文学能够使自己强大，能够打破旧有的铁壳，但是现在的我知道文学的力量其实是弱小的。文学有自己的边界，它的能力是有限的，它更可能是破碎的、渺小的、灰暗的。

文学不是物质世界的产物，它本身就是虚幻的，通过文字这种符号来虚构出它的世界。有时候，我觉得文学就是火柴，就是《卖火柴的小女孩》最后被擦亮的那几根火柴，它实际上并不能真的抵御严寒，或者带来一只烤鹅。它不过就是几根火柴，它的热量是那样有限。所以，我感觉安徒生确实是掌握了文学奥秘的人。在他的童话世界里，他写得那么轻盈、温暖，最后甚至让小女孩的奶奶出现了。他给了小女孩三次能够看见梦中景象的火柴之光，而火柴之光是如此短暂，是如此微小。

回归到个人身上，我倒认为写作并没有那么复杂。写作原来就是非常私人化的，想写应该就是仅有的原点。我不奢求文学给我带来太多，因为我觉得它带给我的恩赐其实已经很多了，我觉得不应该让它替我们背负更多。在生活中，我无疑是一个笨拙的人。我不知道如果不写作，我平时空闲时应该做什么。我可能会觉得非常无聊和自卑。如果离开写作，我可能就会真正成为一个"哑巴"，因为我的口头表达能力并不强。

为了消除在心理上给自己所设置的写作障碍，我倾向于认为写作就只要写而已。我曾经做了一个蛮有趣的社会小实验：一百八十天发表计划。就是要招募写作爱好者，看看他们能否通过自订计划，在写作上实现零发表的突破。后来的结果，是实验失败了，但到现在我还是坚信我的设计绝对是可行的，只是可惜他们没有坚持下来，甚至有两位都没有真正开始。有三位写作爱好者应募了，为了激励他们，我给每个人发了一个十八块钱的红包，和他们协议他们首篇发表后的稿费归我，算是投资回报了。

我给他们的建议非常简单，就是给自己规定每天的写作字数，不要贪多，比如每天写五百字，在三百天后，不管质量如何，你会有大约十五万字的作品诞生，因为在我三年的乡镇工作期，我就是这样写小说的。但是我后来明白了最大的阻力在于坚持，特别是在热情迅速消退后，怎么能够先写满两周，即使是毫无灵感、枯燥无比。我相信只要坚持一个月以上，就会慢慢进入写作状态。这样的写作似乎并不浪漫，但是在惯性产生之后，写作会轻松起来，写了之后就是修改的过程。我相信，只要我写，遵循内心的启示，或许只是内心黯淡的启示，想写的内容总还是会出现的。

写作虽然辛苦，但是还是会有一些乐趣的。通过写作，我像是为哑默的万物找到了一副声带，包括我自己。它让我能够表达，说出我渴望说出而一开始无法说出的话。在写作的世界里，我发现我甚至可以做到更多，有时候简直像是"造物主"。我可以在我的小说里构造出一些现实中没有但是幻想中应该存在的事物。每一篇小说，我都设计了一些会让我感到兴奋的元素。比如，我在《巨船骸》里造出了一艘无比巨大的铁船，它荒废在我出生的岙口，它会告诉走进船身的人它的记忆。在《贝壳剧院》里，我造了一座非常古朴的半圆形石头建筑，我曾经的魔术师老师辛牧住在里面。我带着因班级晚会表演而焦虑的女儿，到另一座小岛上找他学习魔术，其实我更想了解的是"悬浮术"的秘密。《灯塔寺》里，我修建了一座由暖石筑造而成的灯塔，那些特殊的石头在被太阳照射后会在夜晚发出极度微弱的暖光。《分身石》里讲述了十多年前一无所成的我，寻找爷爷留给我的分身石的故事。分身石具有"分身"的能力，在一定合适的条件下能够自我复制。《微型台风》《悲伤的母鲸》都有海洋童话的味道，都和海的幻象有关。《光谱》《木偶岛》《海沙》其实是现实题材的故事，不过有些设定会比较有意思，比如婚礼志愿者和各种超乎想象的婚礼场景。《木偶岛》所演绎的故事和木偶剧的童话故事色彩设定截然相反。《海沙》中病人的身上会掉落沙粒的"沙症"肯定是一则隐喻。《海神像》《影子表演》讲的都是匠人的故事，一个关于根雕师，一个关于幻影师，我或许只是在向我爷爷、外公等手艺人致敬。这本短篇小说集所讲述的故事糅合了魔幻现实主义、超现实、童话、玄幻的色彩，我统称其为"轻魔幻现实主义"写作。其实很多幻象或许只是主人公的主观错觉而已，他自己也无法辨认小说里的超自然现象是事实，还是他的幻觉。但是我知道他相信所见如是，很多的幻象其实就是心象。

我觉得写作就是缝船帆，因为我的家族以前是缝制船帆的。在机船普及之前，船只的主要动力还是要靠风力和人力。在新中国成立初期，瓯江口外的船都还是帆船。那时候，我们群岛绝大部分的船帆都出自我们家族之手，从我的太舅公开始，到我的爷爷、奶奶，连我的几位姑姑小时候都是缝制、修补船帆的好手。我爷爷去世时，给我们留下了很多青铜材质的"拖钱"，就是当时绑在船帆上用的一种零件。缝补船帆不会是一个轻松的过程。

　　在我写作之时，我总是觉得我和我的爷爷一样，还是个缝制船帆的手艺人，不过我所用的帆布和针线是文字符号而已。我总是想象着我敲击键盘的手所缝制出的一面文字之帆，它被捆到了桅杆之上，当风起之时，它鼓动着，带着我的木船漂行在东海之上，在群岛之间穿行。当海面上满满都是一层雾气之时，那艘张满了帆的船甚至会借着雾气飘浮起来。